DNA的惡力
作者＼蘇上豪

推薦序

說書人蘇上豪

《開膛史》的文案，出版社以「最會說故事的醫生」一詞來定位作者蘇上豪，雖然是行銷手法，卻也恰如其分。雖然蘇上豪作品總量不過四本，說書人的風格特質早已顯現，隨著作品增多，假以時日，這個稱譽將會安穩地冠在蘇上豪這名字之上。

前年蘇上豪推出《國姓爺的寶藏》，便展現說故事長才。透過採訪得知，蘇上豪雖有作家夢，寫作本書倒非純以當小說家爲出發點，而是想要還原被誤解的臺灣歷史，是看了好萊塢電影《國家寶藏》之後，企圖追尋臺灣自己的國家寶藏。於是他以鄭成功事蹟切入，鋪排完成臺灣的尋寶故事。

儘管使命感在前，蘇上豪還是以有趣的情節包裝小說，不採取枯燥嚴肅的論述，而選擇小說形式，用好看的故事表現。

從小說開場便可見他的巧智。《國姓爺的寶藏》的序章與結尾，都以武俠小說手法呈現，此外運用歷史、推理等元素吸引讀者。小說中不時可見夾帶史蹟源流、民俗風情的置入性行銷，虛實交錯，避開繁瑣的歷史考證，項莊舞劍，意在沛公。幾則歷史知識的說明，則留給註腳，因而襯托出虛實相生的趣味，更加耐人尋味。這部作品獲選《亞洲週刊》十大華文小說，實至名歸。

蘇上豪善說故事的特質，也表現在科普散文的寫作。《開膛史》回歸作者專業，以敘事基調寫出醫學閒話與史話，內容生動有趣，若干觀點新奇，結論大膽，讀者一路讀下來，反應雜陳：「嗯，這樣喔！」「咦，這樣啊！」「啥，這樣嗎？」卻因引經據典，有憑有據，而不得不姑妄聽之。這就是蘇上豪文筆的魅力與魔力。

閱讀《開膛史》，發現蘇上豪身為醫師，但對於怪力亂神或不可解的事物，多聞闕疑，不武斷認定，不妄加批判，態度平和。例如，提到在醫院常繪聲繪影謠傳的靈異事件，他提供幾則親身所遇或傳聞的難解謎案，答案保留給讀者自行想像。

也許就是這種開放的態度，初聞他接下來要以聳動的社會新聞為題材，寫懸疑犯罪小說，我雖然不訝異，卻好奇，在漫無邊際、不斷衍生的傳說，以及講究科學證據的醫學訓練之間，他該如何掌握？或者說，如果採納民間傳聞發揮，醫師背景的優勢便沒了，而若一板一眼，視傳說為無稽，則小說根本不用寫了。該如何拿捏呢？

結果，一如好看的推理小說，這本《DNA的惡力》我本想分次閱讀，卻因扣人心弦、欲罷不能而一口氣看完。

小說一開頭，懸疑驚悚的殺人案便令人屏息。誰殺的？是變裝的變態殺手？步步驚魂，引人入勝。而蘇上豪也未浪費醫生作家的身分背景，小說裡除了警局、教會，醫院也是重要場景，只不過醫院設定為精神科療養院，而非他本業的外科部門。小說除了寫出醫院的運作狀況，也勾勒醫護人員之間的勾心鬥角、人事傾軋，甚至於部分情節點出職場學的奧妙之處。而如催眠治療、變獸妄想症、創傷後症候群、歇斯底里症等精神醫學名詞不時穿插，以及歷史上（尤其是天主教會史）的文獻記載等，使這部小說就像《國姓爺的寶藏》，亦虛亦實，增添更多閱讀之趣。

《國姓爺的寶藏》出版之初，我訪問蘇醫師，在採訪稿中稱他爲「說書人」，當時多少有點忐忑，如今一年餘之後，拜讀《DNA的惡力》，完全肯定「說書人」之說準確而美麗。希望蘇上豪百忙之中，持續寫作，說更多更好聽的故事。

果子離　文字工作者

目錄

第一章　狼蹤再現

1

刑警隊長張高明，正從臺北市第二殯儀館的「相驗解剖中心」快步走出來。

不明就裡的人一定以爲這是不愛戴口罩的他，受不了解剖室令人做嘔的屍臭味，所以想暫時逃出來，呼吸點新鮮空氣，不過了解他的人卻會偷笑——這傢伙菸癮又犯了。

的確，張高明菸癮又犯了，那感覺像小蟲子一樣，鑽進他身上八萬四千個毛細孔裡，讓他渾身不自在，需要有如人參果般的香菸，讓他通體舒暢。

才走出「相驗解剖中心」，張高明就迫不及待地從口袋裡掏出白色硬殼長壽菸，開始吞雲吐霧了起來。

他和檢察官來相驗一具凶殺案的屍體，這是他今年承辦的第一起謀殺案。被害人是位年輕女性，身材嬌小，今天清晨被早起運動的民眾發現，已經斷氣多時，據法醫研判，死亡時間大約在昨天晚上十一到十二點之間。

事發地點雖然是公園的僻靜角落，但眼尖的承辦員警卻發現公園各個出入口都架設監視器，而且附近是中正里的行政區，在臺北市屬於精華地段，有很多高級住宅，里長動用關係在這裡裝置好多監視器，所以張高明派了一組幹員正在蒐集所有路口的影像。

在首善之區臺北市的高級住宅區發生凶殺案確實嚇人，但更可怕的是——它和二十年來沒有偵破的「連續殺人案」扯上關係。

這會兒的晚報，正被張高明拿來墊在路旁的階梯上坐著，上面斗大的標題寫著「睽違五年，狼蹤再現」。

不過，辦案經驗豐富的張高明卻不這麼認爲，他在看到被害人的屍體之後，覺得凶手並不是那個逍遙法外的「狼人」——那個讓他窮追不捨二十年的變態殺手。

雖然已經五年沒有接觸到這個狼人的有關資料，但是腦海裡深刻的記憶讓他不得不懷疑，剛剛看過的被害人不是狼人所殺，他斬釘截鐵地認爲，這是模仿他的殺手所爲。

首先，被殺死的對象年齡不符。

眼前這件案子不算，這二十年來，狼人總共殺了十個人，被害者都是行動不甚方便、老態龍鍾的長者，而解剖室的那位受害人卻是花樣年華的女性。

其次，被害人受到攻擊的時間也不一樣。

前面十個被害者都是在清晨外出運動時，遭受攻擊而喪命，但這次的受害人卻是大半夜被殺害，和狼人出沒的時間不一樣。

第三點，也是最重要的一點，今天在解剖室內的女性，她的死法和以前的被害人很不一樣。

張高明剛才跟著鑑識組人員、法醫和檢察官，把被害人從冷凍櫃抬出來，放在解剖檯上，第一眼看到，他就覺得這不是狼人幹的。

被害人的死狀的確很悽慘——致命傷在右頸部，像是被利刃割開一條大血溝，傷及大動脈以至於失血過多而死，而且在胸膛附近有很多類似動物咬痕的傷口，尤其是靠近被害者乳房的雙側更明顯，皮膚青一塊、紫一塊，不過她沒有被性侵的跡象。

這樣的死狀沒有讓張高明感到震撼，因爲和他腦海中那前十名被害者的樣子比起來，這位女性只是小兒科。

張高明曾經在報告裡歸納被暱稱爲「狼人」的連續殺人犯的習性，除了被害者的身分和被殺害的時間外，他還提到這個人「泯滅人性、手段凶殘」，因爲所有被害人的頸部都不知被什麼方式硬生生撕開，手腳也被打斷，看起來眞像是被狼人凌虐致死的。

張高明的報告裡也提到一個重要的線索，那就是狼人是個「行事小心、狡猾成性、聰明絕頂」的犯罪者，因爲在前面十位被害者身上，幾乎找不到可供參考的「生物資料」，意即他沒有留下任何指紋、體液、毛髮在被害人身上。

五年前，有鑑於這個連續殺人案遲遲無法突破，前刑事警察局局長胡仲秋特別選派了局裡的優秀幹員，帶著十五年來的所有資料，求助於「美國聯邦調查局・坎迪克學院」的行爲科學小組（註1）。

在三個月後，受訓的幹員帶回了專家對於這個連續殺人犯的心理剖繪（Psychological profiling），他們提供的意見如下：

「凶手是位高大雄壯，熱愛健身，又極端聰明與自負的男性，年紀應介於三十五到四十歲左右，在其專業領域具有一定的領導地位。個性可能極端痛惡年老者，這或許和其成長在封閉與注重權威的環境有關。他與女性相處似乎有挫折，甚至不滿足，因此有破壞被害人遺體以洩恨的手法……尤其要注意他是否學習古老的武藝技能，特別是不爲人知的近身格鬥，或使用傷害性很大的武器……」

但不管張高明分析得多好，也不管美國聯邦調查局的專家提供了多有價値的嫌犯剖繪，警方一直無法找到這位令人聞之色變的殺人犯。

而他在五年前忽然停止犯案，躲了起來。

如今，他似乎又忍不住殺人，也挑起張高明的敏感神經。他看到這位被害人頸部的傷口時，心裡稍微興奮了一下，但隨後看到她胸膛和乳房周圍的那些咬痕、瘀青，他則像洩了氣的皮球。

「狼人不會笨到這個樣子，他也不是色情狂。」張高明自忖道。

他急著出來哈根菸，解解菸癮，順便想想如何調查這個案子。

2

在刑警隊長張高明相驗被害人屍體的當晚，臺北市長春路聖母堂內的李神父卻心神不寧，在晚課時不停地唸著感謝經，希望消弭腦海裡的恐懼：

「感謝吾主天主，庇佑我一日行善，幸不犯罪；賜我今夜生命，浩大恩德。我今求主，使我今夜勿迷惑顛仆，不幸得罪，是顛仆於地，主速扶救我，俾知痛悔改過，專心憶主。賜我聖寵，恆存於心，我心已足，不圖外物，主原教我，心毋妄思，惟使我憶主愛主，至死恪遵規戒。阿門！」

這位已經八十二高齡的神父，終得在今年底退休，雖然教友們依依不捨，但是看著他日漸虛弱、老態的身子，主教團也不得不批准他的請求。

其實在五年前，李神父就已經提出退休的申請，但在經歷生死關頭、差點沒命之後，他認爲是主的大能把他從鬼門關前拉回來。大難不死的他，心中的使命感變得益加強烈，所以又留了下來。

不過這五年來，惡夢常常侵襲著李神父，尤其是剛開始的第一年，他幾乎都依靠安眠藥，還有脖子上這串跟了他幾十年、救了他一命的十字架才能度日。

雖然他曾經把這件事告訴別人，不過大家總以爲他撞傷了腦袋，受傷太重而導致暫時的精神錯亂。可是他對五年前的遇襲事件無法忘懷，就連過程也記得一清二楚。

五年前的那一個凌晨，李神父接到一通電話——一位地位很高、熱心推廣教務的教友瀕臨死亡，需要接受傅油（註2）聖事。

以李神父在教堂的地位，這種大半夜裡的事，他只要指派堂內的司鐸前往即可，但是這位教友的社會地位崇高，而且在病情惡化時，就要求李神父在臨終時爲他傅油，李神父也一口答應了下來。

李神父記得當天是寒流來襲的第一天，臺北市的氣溫不到十度，他在準備妥當後，套了件厚重的大衣，戴著毛帽及圍巾出門，爲了不影響其他人的睡眠，他婉拒司鐸的陪伴，隻身前往那位教友的住處，還好路程不是很遠。

即使穿了那麼厚重的衣物，迎面刺骨的寒風仍然讓李神父直打哆嗦，他很後悔沒有多穿件衛生衣。

爲了早點到達那位教友家裡，李神父離開聖母堂後，捨棄大馬路，抄小巷弄前往目的地。轉了幾個巷弄，穿過一個小公園之後，李神父隱隱覺得身後有人跟著。跟在他身後的人有著沉重的呼吸聲，偶爾有長一點的哈氣，讓他聽了不太舒服，但是爲了趕去傅油，他只得專心走路，不去理會。

不過，身後的呼吸聲卻愈來愈大聲，顯然他們兩人之間的距離愈來愈近，最後李神父忍不住好奇心，回頭看了一下。

說也奇怪，李神父並沒有看到任何人，他四下張望了一會兒。雖然是凌晨時分，不過光線也沒那麼差，身後空蕩蕩的路，不要說人影，連個鬼影子也沒有。他認爲可能是什麼小動物，被他回頭嚇著，所以躲了起來。

正當李神父這麼想，回過頭繼續前進時，卻和一位身穿深色雨衣，體格高大壯碩的人撞在一起。

李神父想開口道歉時，那個人硬生生抓住他的左臂，把他凌空抬起，接著聽到一聲悶響，他的左臂應聲斷裂，讓他痛得掉出眼淚，卻叫不出聲音來。

哪知這個人並不罷休，力量之大，單手將李神父撐起，往他的身邊靠近，似乎想要一口咬住李神父的咽喉。

混亂中，李神父知道自己可能逃不過這個劫難，只得閉上眼祈求主耶穌賜福，把自己的性命交給主。說也奇怪，那個雨衣怪客在張口接觸到他的咽喉後，竟然發出陣陣類似狼嚎的聲音，放下了他。

李神父雖然和那個身著雨衣的怪客面對面，但由於天色未亮，對方又披頭散髮，所以看不清楚他的臉型輪廓。可怕的是，在夜色裡，李神父看到他眼睛泛出綠光，看似一隻呼吸急促的野獸，尤其他嘴裡的熱氣伴著吞口水的聲音，讓李神父很不舒服。

李神父不知道雨衣怪客為何放下他，他看到胸前的十字架暫時纏住雨衣怪客，讓雨衣怪客的動作變得遲緩，彷彿肌肉突然抽筋痙攣，暫時無法動彈，用盡全力也無法伸展身體，似乎極端痛苦，發出悽慘的哀嚎聲。

「是主的大能和胸前的十字架保護著我。」這是李神父當下最清晰的念頭。

拖延了幾十秒後，雨衣怪客用力地往李神父身上一踹，然後才落荒而逃。李神父雖然逃脫魔掌，卻也因爲這猛力的一踢，造成肋骨斷裂，痛昏了過去。

李神父醒過來之後，發現自己已經躺在醫院加護中心的病床上，幾乎全身包滿紗布，而且左手用石膏固定住，動彈不得。他在修士的告知下，才知道自己剛剛逃過了一場劫難。他的左手肱骨骨折，已經開完了內固定手術；右側肋骨也斷了三根，但是不用開刀；當然他還有腦部鈍挫傷，不過運氣很好，沒有顱內出血，只有腦震盪的現象而已。

修士告訴他，根據醫師研判，他可能在小公園花圃前跌倒，由於穿著厚重的衣服行動不便，加上年紀大了骨質疏鬆，左手撐地時造成骨折，再往前滑去，右胸撞擊圍起花圃的水泥低牆，造成骨折。

對於醫師的研判，李神父當然很有意見，他毫不避諱地告訴修士自己遭受到「披頭散髮、眼睛泛著綠光」的雨衣怪客攻擊，雖然沒有看到眞面目，不過卻清楚記得被攻擊的細節。

「說他像『狼人』也不爲過！」李神父對來到病榻前的每個人都如此說道。

修士聽到李神父描述遭受像狼人的雨衣怪客攻擊，啼笑皆非，心想神父是不是腦袋被撞壞了，所以神智不清。而且他還聽到神父說，現在掛在床頭那串跟了他幾十年的十字架解救了他——因為雨衣怪客被十字架纏住而暫時肌肉痙攣，所以放棄攻擊，落荒而逃。

雖然當時的臺北市被那個十五年內連續殺了十個人的凶手——被暱稱為狼人的變態殺手——搞得沸沸揚揚、人心惶惶，但神父提到的受傷過程令人匪夷所思，所以修士還是不把他的話當回事。

這也不能怪修士，因為神父的主治醫師表示，神父雖然沒有腦出血的現象，但跌倒之後，或多或少有些腦震盪的後遺症。不僅是照顧神父的修士，來探視神父的教會兄弟姊妹們也跟著以為神父眞的撞壞了腦袋。

對於周遭的人這樣看他，李神父覺得很委屈，他只好再向自己的主治醫師訴苦，結果他得到的回應卻是精神科醫師的會診。在和精神科醫師暢談幾十分鐘之後，李神父被診斷為「創傷後症候群」，那是一種身體受到傷害後，因為內心壓力無法宣洩所造成的精神錯亂現象。

得知連醫師都覺得他神智有問題後，李神父終於放棄了，他變得沉默寡言，不再輕易向旁人訴說當晚發生的事，轉而專心養病，希望自己好起來，以便日後禮拜時，能在教友面前說出見證，稱讚主的大能。

不過在出院當天，李神父的計畫有了些許改變。因爲他從電視新聞快報中，得知警政署因爲狼人連續殺人案件陷入膠著，決定搬出「重賞」的伎倆，把提供線索而能破案的獎金提高到新臺幣一千萬元，希望儘快找出凶手，化解社會焦慮。

但，李神父當然不是因爲錢才改變計畫。

他覺得如果此時把自己受傷的經過講給警察聽，一定有人會把它當回事。所以當他被接回聖母堂靜養，在一切安頓以後，他便撥了警政署的報案專線，表明願意提供有關連續殺人犯的線索。當然，他沒有提到「披頭散髮、眼睛泛著綠光」等奇怪字眼。

接聽電話的人知道報案者的身分是神父後，隔天就派了刑警隊一位名叫王建國的警員，來到聖母堂向他問話。

教堂內的工作人員都被李神父的舉動嚇了一大跳，以爲他剛回教堂就精神錯亂，不過神父卻力排眾議，執意要和王建國警員私下談話，再說一次自己差點被狼人殺死的故事。

聽完李神父故事的王建國，眼神裡透露出不小的失望，他懷疑面前的這位神父是不是神經衰弱了？或者和那些打電話惡作劇、尋他們窮開心的民眾一樣，只想作弄警察而已。

不管王建國的態度如何，李神父還是信誓旦旦地說他見過那個被暱稱爲「狼人」的殺人犯，而且還向王建國展示狼人造成的左手肱骨和肋骨骨折，這才吸引了王建國的興趣。

醫師評估李神父受傷的模式似乎略顯粗糙，或許是看了太多老年人跌倒而導致骨折的案例，認爲不值得大驚小怪，但看在王建國眼裡卻有不一樣的解讀。

他了解狼人的犯案習慣，知道眼前這位神父符合了他殺人的幾個特徵——老人、清晨、骨折，而唯一不同的是神父沒有喪命。於是他提起精神把重點記下來，之後也調了李神父的病歷和他當面研究，而且煞有介事的把他帶到事發的小公園做模擬。

經過幾次詳細的訊問，王建國看起來像是相信李神父的遭遇，不過後來不知道怎麼回事，案件忽然轉到某位方姓警員的身上。這位方姓警員和王建國的態度有天壤之別，不僅問話的方式很輕浮，還屢屢質問李神父是否有腦震盪的後遺症，經過兩三次談話之後就不了了之，沒有再來聖母堂找過李神父了。

「是王建國警員也被長官當成神經病了嗎？還是有什麼原因？」李神父百思不得其解。

過了一陣子，狼人連續殺人事件似乎降溫了，於是李神父決定隱忍不發，想等到下一個受害者出現，再自告奮勇去警察局現身說法，讓辦案員警正視這件事。

沒想到這一等，等了五年。

今天早上開始的新聞快報和晚報頭條，都在討論昨天深夜的殺人案，因爲曜稱爲狼人的變態殺人狂在沉寂五年後，又殺死一位年輕小姐，讓整個臺北市再度陷入恐慌之中。

聖母堂中比較年長，知道五年前李神父跌倒送醫這件事的修士們，看到新聞之後，都有意無意想對李神父封鎖消息，不料卻適得其反，因爲他們彆扭的態度，反而讓李神父從年輕的修女口中知道狼人又出現了。

這會兒在晚課過後，李神父陷入沉思，他問自己是否要主動聯絡警方，把五年前的事再說一遍。最後他決定先找五年前那個王建國警員，因爲只有他重視自己的遭遇，如果能說服他把五年前的資料拿出來再補強一下，就不需要大費周章把遇襲的經過重新說一遍。

另外，李神父想到自己以前在羅馬梵諦岡教廷進修的種種。

他認爲自己，還有這二十年來被那位曜稱狼人的凶手殺害的十個人——整件事非常不單純。他因爲胸前十字架而逃過一劫，似乎和他以前在梵諦岡教廷圖書館和梵諦岡機密檔案館看到的某些資料有關，但那是年輕時所瀏覽的資料，記憶已經模糊，所以他不敢妄下論斷。他想起了在羅馬教廷的好朋友，也就是掌管信理部（The Congregation for the Doctrine of the Faith）（註3）的費勒主教。

李神父花了好幾天時間，用拉丁文寫了五大張信件向費勒主教報告自己五年前受到傷害的經過，同時也將這二十年來，臺北市被那位暱稱狼人的殺人犯害死的十一個人的遭遇大概描述了一下，希望費勒主教釋疑，甚至給他額外的幫助，解除心中的謎團。

李神父對上述這件事三緘其口，只在和費勒主教通過電話後，挑了教堂中一位他很欣賞的司鐸，指派他前往羅馬教廷做短暫的參訪，當成對他平日辛勤工作的鼓勵。

當然，李神父也委託司鐸把那封信當面交給費勒主教。

3

張高明在參與驗屍後，先回到警局沖了個澡，向專案人員交代一些重點後，就帶著小翠替他準備、上面有著可愛圖案的「Hello Kitty便當盒」下班了。

在離開警局後，張高明一路吹著口哨，大約步行二十分鐘，轉進小巷，最後在一幢破舊的老公寓前停了下來。或許是太過輕鬆，以至於放鬆心中的警戒。他並沒有發現後面有人跟蹤——而跟蹤他的不是別人，是《芒果日報》的狗仔隊長呂大中。

呂大中和其他兩人以交相掩護的方式，老練地跟在張高明後面，讓失去戒心的張高明渾然不知。

至於他們爲什麼跟蹤張高明？其實道理很簡單，希望藉由這樣的方式獲得有關狼人案件的第一手資料，搶到獨家新聞。呂大中五年前曾藉由跟蹤張高明，混進狼人殺人案的刑案現場，取得被害人的血腥照片，刊登在《芒果日報》的頭條，當時還造成輿論一片譁然。

站在公寓前的張高明雖然有大門的鑰匙，但他還是習慣性按了三樓住戶的對講機。

「弟妹，是我，又來打擾了。」

「張大哥，你來了！快請進。」

對講機那頭答話的是一位年輕女性，知道按鈴的是張高明，語氣顯得很興奮，似乎早就等著他到來。沒多久大門開了，張高明並沒有立刻進去，反而先聞了聞自己身上是否殘存著解剖室的怪味，確定沒有問題後才推開門走上樓梯。

呂大中看著張高明關上門、走上樓梯後，立刻靠近那幢公寓，把地址記下來，然後假裝是路過的民眾，和其他兩人輪流在門前守候。

張高明上樓後發現門早已打開，門口站了位穿著圍裙、笑容可掬的女子熱情招呼著：「大哥，時間剛剛好，今天煮了你最愛吃的三杯雞，趕快進來趁熱吃！」

那位女子接過張高明手裡的便當盒，挽著他走進屋內，伺候著他穿上特別準備的拖鞋，接著又對著屋裡高喊：「大寶、二寶，張伯伯來了，趕快出來，不要再玩Wii了！」

聽到了媽咪的呼喊，兩個白白胖胖的小男生從房間裡衝了出來，大的那位大概七、八歲，小的那位大概四、五歲，一起緊緊抱著張高明，讓他無法動彈。

「沒禮貌的小鬼，還不放開張伯伯，趕快去洗手吃飯。」

「沒關係啦！」

被兩個小孩抱住的張高明不以爲忤，反而一手一個把他們抱了起來，像是老鷹抓小雞一般，拎著他們去廚房，接著說：「看誰洗得最乾淨，等一下吃完飯，我先和他PK Wii，贏我的星期天去吃冰淇淋！」

「Yeh!」

兩個小孩聽完立刻歡呼，然後咯咯笑不停，不安分地在張高明身上扭動著。

如果不聽他們的對話，光看他們四個人和樂融融的畫面，一定以爲是哪位父親下班後，回到家和自己的老婆小孩準備吃晚餐，共享天倫之樂。

這是張高明每個禮拜最期盼的一天，他刻意沒有當值，讓自己可以來這裡吃一頓晚飯，而且可以把吃不完的飯菜裝進帶來的便當盒，王老五的他就不必擔心隔天中飯沒有著落。

請張高明吃晚飯的年輕媽媽，並不是他的家人或親屬，而是他先前的下屬——刑警王建國的遺孀小翠。

王建國是張高明非常看重的下屬，他一出了警官學校開始上班就跟在張高明身邊，因爲拚命三郎的個性，又肯學習，常常協助張高明偵破棘手的案件，讓張高明很有面子。在警局的同事看來，王建國彷彿是張高明的徒弟，也可以說是他的分身，是他極力培養的新秀。

五年前，狼人又開始在臺北市犯案時，王建國在張高明指揮下辦案，加入「獵狼專案小組」，並被張高明委以重任。王建國經常超時工作，熬夜在警局分析資料，過濾所有民眾提出的線索，希望早日抓到那個變態殺手。

如此瘋狂工作的結果，終於釀成不可收拾的局面。

王建國有著「家族性高血壓」的病史，可是他卻是個很不乖的病人，除了沒有定期回醫院追蹤看門診外，吃藥也很隨興，想吃就吃，忘了也就算了，所以血壓控制得自然很差，但他一直不以爲意。

爲了偵辦狼人的案件，王建國不眠不休地工作了好多個星期，他認眞積極、分秒必爭的態度，看在張高明的眼裡也於心不忍，常告誡他要多休息，注意身體健康。

在一次熬夜調查民眾提供線索的電話紀錄後，疲憊不堪的王建國終於受不了，只好趴在桌子上休息。但是他趴下之後再也沒有醒過來，直到隔天同事試著搖醒他時，發現他已經成爲一具冰冷的屍體。

發生這樣的悲劇，張高明非常自責與難過，不過更令他有椎心之痛的，是王建國大腹便便、即將臨盆，又帶著兩歲稚子的妻子小翠——她悲痛欲絕、萬念俱灰，差點活不下去了。

是小翠的夫家和娘家，當然還有張高明，不離不棄地帶著她走出這段人生最晦暗的時期，跨越陰霾，堅強面對接下來的日子。

跌跌撞撞走過三年，王建國的遺腹子被小翠安排到幼稚園小班上課，所以小翠空閒的時間變多了，張高明在徵得小翠同意後，貼心地爲她在警局安插個收發公文的工作，一步一步帶她走向人群，敞開心房，接受外面的世界。

小翠對這位一路相挺的長官自然也心存感激，兩人在送往迎來之間，慢慢培養出一些慣性與默契，不知不覺中，張高明每個星期都會來小翠家吃一次晚飯。

今天的晚飯對張高明來說似乎特別美味，一上飯桌嘴巴都沒停過，因爲他眞的餓壞了。

爲了辦案，張高明除了喝水以外，根本沒有好好吃頓飯，狼人再度犯案，讓整個警界繃緊神經，連臺北市市長、市警局局長都接連打了幾通關切的電話給他。

看著狼吞虎嚥的張高明，小翠的手不停地幫忙夾菜，兩個小孩難得看到張高明這樣吃飯，也放下手邊的碗筷，張大嘴巴看著他。

「對不起，媽咪今天煮得好好吃，伯伯今天也餓壞了，吃相好難看。」張高明注意到兩個小孩正看著他，所以放下碗筷，不好意思地說。

「伯伯眞的好餓，媽咪多給他吃一點。」二寶首先開口。

「如果伯伯不夠吃，我的也分給他。」大寶做勢把碗拿起來。

聽到兩人童言童語，小翠和張高明不禁莞爾，相視而笑，而當他們四目相交會時，張高明的眼神忽然變得溫柔，讓小翠瞬間耳根紅了起來。

對於眼前這個男人，小翠一直感恩在心，早已脫離一般朋友的想法，把他當成是自己敬重的長輩，是心靈受創時的避風港，甚至在夜深人靜、輾轉難眠時，也曾經幻想他是自己的老公，是一路相扶到老的伴侶。

晚餐完畢後，兩個小孩迫不及待地跑回房裡玩電動玩具，留下小翠和張高明收拾殘局。

「狼人又出沒了？」小翠忽然開口，表情很淡定，讓張高明嚇了一跳。

「是有殺人案，但不見得是狼人。」張高明也用平和的語氣回答。

小翠今天晚上強忍著情緒，到現在才詢問張高明。今天白天在警察局內已經沸沸揚揚，會客室的電視被有心人調高音量，讓經過的人都可以聽到新聞快報，知道案情的進度，而且在整點新聞之間，盡是狼人二十年來所背負的十條命案的回顧，讓觀眾再次體會以前的夢魘。

對於這個間接殺死丈夫的殺人魔，小翠自然是恨之入骨。這五年來，小翠偶爾也會詢問張高明有關狼人的消息，但得到的答案都讓她失望了。

「爲什麼說不見得是狼人？」這會兒小翠終於停下手邊的工作，認眞地問道。

「以我對狼人的了解，昨天晚上的殺人案件，手法和狼人有天壤之別，被害人身上留下很多線索，明顯和行事小心的他不一樣。」張高明也很認眞地回答。

「哦！」小翠看著張高明，語氣顯得有些失望。

看到小翠這樣的反應，張高明當然能夠理解，這幾年小翠辛苦過日子，正是拜狼人所賜，沒有他就不會造成責任心重的王建國猝死。

「小翠，老天會還給我們公道，百密總有一疏，相信我，我一定會儘快將他繩之以法！」

「我知道，我相信你會。」小翠悻悻然答道，又開始手邊的工作，兩人之間再度停止對話。

這般對答，每隔一段時間就上演一次，每次都以沉默收場，畢竟事實就是這樣。張高明這位號稱警界「智多星」的神探，雖然逮捕過無數凶狠角色，但是對狼人卻一點辦法也沒有，這一直是他心中最大的遺憾。

張高明爲了安慰小翠，走到了她的身後，輕輕將手搭在她的肩膀上，卻發現她輕輕地抖動著。

「小翠，妳怎麼了？」張高明輕聲問道。

小翠沒有回應，所以張高明想試著再問一次，沒有想到她卻緩緩回頭，這時已經淚流滿面。

可想而知，她的情緒應該又回到五年前，那個讓她痛心疾首的事件。

張高明此時再也顧不得什麼「男女授受不親」的教訓，鼓起勇氣將小翠擁在胸前，讓她盡情在自己的懷裡哭泣。

不過，張高明並沒有被小翠悲傷的情緒所感染，反倒因爲抱著她而緊張萬分，這是五年來他們第一次如此靠近，讓張高明聞到小翠身上的髮香與體香。

張高明覺得時間彷彿凍結了。他很想摸著小翠的頭，讓手一路滑向她的髮梢，安慰她這五年來無法平復的情緒。但是，或許是他太過緊張，抑或是太興奮，他只能如同雕像一樣，讓小翠靠在他的胸膛上啜泣。

他絲毫不敢亂動，更遑論緊緊抱著小翠。

然而就在此時，小孩的房間傳出爭吵聲，接著二寶哭著跑了出來，一邊跑，一邊大聲向張高明告狀：「伯伯，哥哥打我，他輸給我不認帳，還敲我的頭。」

聽到小孩房間裡有爭吵聲時，張高明和小翠兩人如同觸電一般彈開。當二寶從房間跑出來時，小翠又回到廚房流理檯洗著碗筷，而張高明則若無其事地看著天花板，一邊胡亂吹著口哨。

「誰叫他用偷吃步贏我！」房間裡傳來大寶憤憤不平的回答。

小翠看到這種情形，忍不住想發脾氣，但雙眼仍然浮腫，只好作罷。

張高明抱起二寶，用手撫摸他的頭，在他耳朵旁說些安慰的話，然後走向房間，接著說道：「好，大寶、二寶不用吵，伯伯等一下當裁判，讓你們PK一場，贏的人再找我PK，冰淇淋兩個人都有，贏我的吃大盒，輸的只能吃小盒。」

「Yeh!」兩個小孩異口同聲回答，二寶也破涕為笑，一副躍躍欲試的樣子，準備和哥哥再PK一場。

看到張高明抱著二寶走進房間的背影，小翠收起悲傷的情緒，嘴角泛起了微笑。她佩服這個沒有結過婚的男人，他哄小孩的功力不會輸給任何一個爸爸。

但這種愉快的心情沒有維持多久，她彷彿看到王建國的身影，抱著二寶走進房裡。淚，又再度模糊了小翠的視線。

4

張高明在小翠家裡用餐的時候，羅柏・楊醫師正和自己的病人許天佑在臺北市「安心療養院」，他的辦公室裡，看著許天佑所拍攝的蒐證錄影帶。

這位棕髮、淡色瞳孔的臺灣和波蘭混血兒楊醫師，是「安心療養院」副院長兼日間病房主任，今天晚上是他每個月唯一的值班日，必須留守在醫院應付緊急狀況。

楊醫師是二十幾年前，第一批在波蘭讀完醫學院，回到臺灣考取醫師執照，得以開業的醫師。經過幾年的努力，楊醫師在北部某醫學中心從住院醫師、總醫師，一路順遂當上了精神科的主治醫師，後來受到當時剛成立的「安心療養院」蘇前院長賞識，延攬他成爲創院的生力軍而工作迄今。

如今楊醫師已經被拔擢成爲這裡的副院長，並且將他的心力投入在精神科病患「日間病房」的照顧。工作是協助精神病患再度學習社會生活的基本技巧，增強獨立生活的能力，進而適應家庭化與社會化生活。

而所謂精神科的「日間病房」，是病患白天留在醫院裡，由醫療團隊提供慢性精神病患積極、維持性的復健治療，而在夜晚及假日時，病患能自行返回家中或社區，正常與親友或他人互助相處，避免懶散、退縮、被動、沒有生活目標等退化現象。

楊醫師是這個領域的佼佼者，經過他治療的精神科病患，很多人降低了急性發作的次數。這樣的結果讓他遠近馳名，遠在中、南部的病患家屬甚至在「安心療養院」附近租屋居住，只爲了讓家人得到楊醫師的治療，能夠控制好病情，不致成爲家庭的累贅。

其實楊醫師的祕訣除了精神科藥物的調整外，另一項重要法寶是「催眠」。

他經由與病人互動，得到信任以後，再對其施予催眠，讓很多不管是有暴力傾向、驚慌失措、被害妄想，甚至是行爲退化的病人，病情能逐漸獲得控制。

近年來，楊醫師也在醫院的准許下，在臺北市忠孝東路某商辦大樓裡，成立屬於自己的「催眠治療工作室」，採取會員制，看診需要預約。雖然收費相當昂貴，但由於隱密性高，而且治療成效卓著，讓很多政商名流趨之若鶩，即使是有錢都不見得能看得到門診，據傳還得透過「有頭有臉」的病人關說，才能見到楊醫師一面。

這會兒楊醫師正盯著電腦的螢幕，而許天佑站在他身後。

「許天佑！」楊醫師頭也不回地說道。

「有！」許天佑嚇了一跳，趕緊回答。

「我說你像獵犬，不是要你像狗一樣吐著舌頭哈氣，而是要借助你有如獵犬般敏銳追蹤的能力，查查我的老婆到底在我背後偷偷摸摸幹些什麼！」楊醫師說道。

原來，在楊醫師看著電腦螢幕時，許天佑正急促地大口呼吸，有時還伴隨著呑口水的聲音，讓楊醫師聽了非常不舒服。

楊醫師誤解了許天佑。

其實是許天佑看了螢幕上楊醫師太太婀娜多姿的身材，還有豐滿的胸部，一時間壓抑不了本能的性衝動，才會有呼吸急促、不時吞著口水的脫軌表現。

更重要的是，他還有滿腦子光怪陸離的想法：「如果能和楊太太共度春宵，那會有多好，我會和她一直做到天亮，讓她在床上討饒；還好她是楊醫師的太太，不然我就找機會上了她……」這些想法，在他的腦海浮出畫面，還好楊醫師的叫喚讓他瞬間恢復了正常。

「還有，許天佑……」此時，楊醫師忽然迴旋了椅子，面對著許天佑說道：「我叫你拍跟蹤我老婆的影片，你拍她的屁股和胸部幹什麼？搞得像A片裡的怪大叔在偷拍一樣，你到底在做什麼？」

「我……我……」許天佑支支吾吾說不出話來，不好意思地低下頭來，玩弄自己的手指頭。

看到他這樣的表現，楊醫師不忍再責備，只好放緩語氣說：「我不想再浪費時間看影片了，你用說的好了，你說說我老婆今天到底在幹什麼？」

聽到楊醫師這樣說，許天佑如釋重負，趕忙從口袋裡掏出了筆記本。上面記載得密密麻麻，他看著裡面的內容，恭恭敬敬地唸出：「楊醫師，我就告訴您，您尊夫人今天在幹什麼……」

「好啦，快說！」楊醫師口氣顯得有些不耐煩。

「她今天十二點零五分從家裡出發，走到您家巷口的摩斯漢堡，大約花了十分鐘，然後在裡面用餐，待到十二點五十七分離開。最後她在路旁招手，結果等到一點鐘左右，搭上了臺灣大車隊的計程車，車號是176-EG……」

「不用說那麼細，你也不用那麼緊張。」怕刺激到許天佑，楊醫師語氣變得和緩許多，安撫著許天佑，因爲他看到容易緊張的許天佑這時已經呼吸急促、滿頭大汗。

聽到楊醫師和緩的語氣，許天佑趕緊用手擦去額頭上的汗珠，深吸了幾口氣，準備繼續再說。

「對，對，用我常常教你的腹式深呼吸，不要急，慢慢來。」楊醫師展現出耐心，引導著許天佑。

看到楊醫師的態度愈趨溫和，許天佑也比較不緊張了，繼續又說：「下了計程車，您的夫人就到了天母寶馬轎車的展示中心，在那裡看了許多車款，還坐上去體驗，和營業員有說有笑，結果在一小時三十二分以後……」

許天佑停頓了一下，努力吞著口水，準備繼續說，卻被楊醫師再度打斷：「許天佑，你可以再說慢一些，還有，不用說『您的夫人』，直接說『你的太太』就好了！」

許天佑點點頭，再用袖子擦拭額頭上的汗珠，繼續說：「結果他們兩個人最後一起離開展示中心，相偕到附近大葉高島屋的英國茶館喝下午茶，總共待在那裡約一小時四十六分鐘，然後那個營業員再送你太太回家。」

「然後呢？」

「然後沒有了。」許天佑答道。

「什麼叫然後沒有了？」

「我不敢講。」許天佑裝做神祕兮兮，眼睛咕嚕咕嚕轉，不敢正視楊醫師，只看著天花板。

楊醫師很有耐心，想看許天佑葫蘆裡賣什麼藥。最後，他們兩人四目相接。

忽然，許天佑幾乎像是連珠炮講完這段話：「他們兩個人在你們家門前擁抱，那個營業員還在你太太臉頰上輕輕靠了一下。然後營業員離開，你太太回家。」

「然後呢？」楊醫師再問。

「然後真的沒有了。」

兩人之間沉默了幾十秒鐘，許天佑不安地搓著手，又開始玩起了自己的手指，接著他聽到楊醫師說：「好了，謝謝你，許天佑，你可以走了。」

許天佑聽到這句話以後，如同觸電一般，幾乎是以衝百米的速度離開楊醫師辦公室。

在許天佑離開後，楊醫師才離開椅子往牆邊走去，打開牆壁裡隱藏的酒櫃，取出了先前已開瓶的紅酒和一小碟起司，把它們放在辦公桌上，接著又走向音響，小心調整音量，再走到椅子坐了下來。

坐在辦公椅的楊醫師往後旋轉，把身後的書櫃打開，拿出了藏在書後的紅酒杯，又旋轉了一百八十度後，把酒杯放在桌上，然後倒了一些紅酒在杯子裡。

他搖晃紅酒，拿著它對著日光燈，欣賞它的顏色，接著拿到面前用鼻子感受香氣，最後輕啜了一口。

他舌尖感覺到紅酒還是沒醒，於是又放下酒杯，劇烈地搖晃了幾下。

此時的楊醫師，腦海裡都是他太太的樣子。

他和妻子新婚才不到三年，兩人年紀相差了二十歲。

至於爲什麼會娶她，有時他也不敢相信自己爲什麼會下這個決定，因爲歷經了兩次不順遂的婚姻，他早就死了心，不想再有婚姻的束縛，反而抱著遊戲人間的態度，只想要有短暫歡愉的肉體關係。

不過五年前因病住院，他的人生觀才又有了新的轉變。

楊醫師現在的妻子當時是他的主護護士，甜美的笑容、陽光的個性，照顧當時因爲身體虛弱而憂鬱的他，讓他很快地恢復了健康，兩人從此變成無話不談的好朋友。原先他們是以叔姪相稱的忘年之交，經過兩年的相處後，克服了因爲年齡差距而產生的代溝，最後決定攜手共赴紅毯，結爲夫妻。

婚後的生活還算圓滿，不過最近楊醫師覺得妻子的行爲有些怪怪的，心中因爲前面兩次不幸婚姻所造成的陰影，讓他再度恐慌起來。

所以，楊醫師才拜託自己的病人許天佑監視妻子最近的一舉一動，看看她是否有什麼不可告人的事。

病患許天佑原來是十項全能的國手，可惜患有強迫症，再加上有憂鬱症傾向，因爲受不了壓力而崩潰，暫時退出體壇。他透過親友輾轉介紹被送到「安心療養院」就醫，接受楊醫師的治療，經過藥物治療再加上催眠，目前病情穩定，已能走回人群，在某職校擔任體育老師。

而許天佑跟拍楊醫師太太幾天之後，告訴楊醫師有重大發現，所以他們今天晚上約在辦公室裡一起看影帶。

雖然沒有看到妻子越軌的行爲，不過聽到妻子和不認識的人眉來眼去，甚至還被接送回家、擁抱然後道別，他已經妒火中燒。

此時楊醫師又拿起紅酒杯，輕啜了一口，紅酒苦澀的單寧，在他口中已經變成飽滿溫潤的味道，他沒有吞下去，拿起一小片起司吃著，臉上露出了滿足的微笑。

此時音響裡播放的，是義大利男高音帕華洛帝演唱的〈善變的女人〉：

E sempre misero（她總裝作可憐模樣）
Qui a lei s'affida（千萬別輕信她）
Chi le confida（你若輕信她）
Mal cauto il core（必心生癡狂）
Pur mai non sentesi（你不會感受不到）
Felice appieno（那炙熱的歡暢）
Qui sul quel seno（輕倚在酥胸上）

Non liba amore（將愛情來品嘗）

楊醫師沒有唱出聲，嘴型卻和歌曲配合得天衣無縫。

La donna è mobil（善變的女人）
Qual piuma al vento（如羽毛飄風中）
Muta d'accento e di pensier（言不由衷，反覆無常）

唱到最後一句時，激動的楊醫師忽然用力握住紅酒杯，沒想到溫文儒雅的他竟可以讓紅酒杯支離破碎，玻璃的碎片劃破了他的右手，鮮血和紅酒從他的手滴落地板。

「賤女人、賤女人、賤女人……」楊醫師不停地咒罵著。

第二章 安心療養院

1

剛參加完專案會議的張高明，立刻被刑警隊同事請回會議室，因爲徹夜觀看影帶的刑警有了重要發現。

張高明快步走回刑警隊會議室，刑警方聲同及陳木春正聚精會神地盯著桌上三部螢幕，有時兩人還輪流敲打電腦鍵盤，讓影像快轉。

「隊長好。」方聲同和陳木春看到張高明進入會議室，立刻起身問好，卻被張高明搭了肩，示意不要客氣，趕快坐下。

「阿同，很累哦?」張高明首先開口道。

「對啊，很無聊，如果是看A片就不會這麼累。」方聲同揉了揉滿布血絲的雙眼，伸了伸懶腰，打趣地回答著。可以感覺他眞的非常疲憊，需要休息。接著他又說：「隊長，這是我剛剛看到的，眞的是百密終有一疏，狼人再怎麼小心，他的影像終於被我們逮到了。」

方聲同啓動中間螢幕的影像，雖然模糊，但隱約可以看出一對男女正在卿卿我我，女的面對攝影機，男的身穿帽T，正把頭埋在女生胸口，不停地磨蹭著。

「這是哪一支監視器？」張高明問道。

「我打電話問過里長，這支監視器在公園南側，因爲被枝葉茂密的樹遮住，所以沒有仔細看不會發現……」方聲同停頓一下，拿出放在桌子上的一張Google地圖，上面標示了很多叉叉，接著他又說：「我相信狼人這次也是精心策劃，只不過他卻栽在這支監視器上。因爲他進入和離開公園，都刻意躲過附近監視器，唯一拍到的，除了這支監視器外，只有他開車的畫面。對了！他約的女生是自己來的……」

「那車號呢？」張高明問道。

「模糊不清，我會依據他逃走的路線，再多調一些路口的監視器看看。還有，我認爲他一定事先勘察過地形，所以我會儘可能調出這附近監視器更早的紀錄，因爲每支監視器貯存影像的時限不一樣。」方聲同答道。

張高明聽了點點頭，仍緊盯著螢幕，此時看到那個男人手上不知拿了什麼東西，抬高手猛力往那個女生頭部揮去，還停留一些時間。

「奇怪了？這女的一點反抗都沒有，好像早知道會這樣！」張高明狐疑道。

「對啊！我反覆看了幾遍，那個女的好像心甘情願就死，沒有任何反抗的動作，這讓人有點懷疑。」方聲同指著螢幕，看到那個女生倒地不起，被攻擊後沒有任何呼叫或反抗的動作，連躺在地上也一樣，只有一點點抽動，然後看到那個男的從容離去，雖然拍到他的正面影像，不過不清楚。

「對了，女生的身分確定了嗎？」張高明忽然問道。

「關於這點，你就要好好給陳木春按個讚！」方聲同語帶興奮地答道。

「爲什麼？」

「爲什麼？還不是隊長您教得好！」方聲同拍著陳木春的肩膀，稱讚陳木春又順便拍張高明的馬屁。

「阿同，不要替我戴高帽子了。還有，趕快說來聽聽，陳木春。」張高明催促道。

陳木春搔了頭皮，拿出口袋裡面的筆記本，對著張高明說：「這些線索是我剛剛去訪談一位大樓主委才知道的。這位被害人身上沒有任何證件，口袋裡只有一張7-11的發票。這張發票開立地點是公園附近的店家，我按照上面消費的時間和品項，查訪了當天値班的店員，在提醒他被害人的體態與特徵後，他記起來她是常來店裡消費、住在對街大樓的住戶，而且很幸運，主委對她印象深刻，她叫做周心怡。」

「爲什麼印象深刻？」張高明好奇地問。

「因爲她是個神經病。」陳木春答道。

「神經病？」

怕張高明誤解，陳木春接著說：「她是精神科病患，原本住在屏東，因爲仰慕臺北的名醫，所以由姊姊帶她在此租屋居住，接受名醫的治療。聽說現在病況比較穩定了，轉到日間病房照顧，這幾天剛好姊姊回屏東處理一些事情，留她一個人在臺北。」

「什麼是日間病房？」張高明問道。

「就跟上班一樣，白天住院，晚上回家。這也是主委告訴我的。」陳木春答道。

「有聯絡到她的家人嗎？」

「有啊！她姊姊可能心有靈犀，一聽到我是警察就哭了出來，因爲她知道殺人案在她們租居處附近，而且她又聯絡不上妹妹，有預感是妹妹遇害。」

陳木春描述這段親情的心電感應，顯得有些不捨，接著又說：「我已經約她姊姊下午兩點到第二殯儀館認屍。」

「幹得好！」

張高明拍了拍陳木春的肩膀以示嘉獎，不過卻看到方聲同反覆倒轉影帶，口中念念有詞：「拍到了吧！再厲害也會露餡的，根本不是披頭散髮，眼睛泛著綠光唄！」

「咦？什麼披頭散髮，眼睛泛著綠光？」張高明面露疑惑。

「沒有啦，還不是五年前接了王建國的case，有一位腦震盪的神父，說什麼他看到了眞正的殺人凶手，是個『披頭散髮，眼睛泛著綠光』的怪人，意圖殺他未遂，幸好這個人被他身上的十字架限制住行動，使得他逃過一劫。沒想到王建國還當眞，煞有其事做筆錄，標記神父受傷位置，了解他受傷的過程，什麼雨衣怪客，我還吸血鬼咧，哈……」

方聲同哈哈笑了幾聲之後，看到張高明表情嚴肅，立刻止住了笑聲，然後就聽到他的質問：「我怎麼都不知道這件事？」

「我以爲這是荒誕不經的故事，所以就在我這裡做了結了，而且那時王建國又剛走……」方聲同說得有點心虛。

「王建國不會做沒有意義的事。」

張高明的表情很認眞，雖然他不清楚發生了什麼事，但是以他對王建國的了解，他認爲王建國這樣做一定有什麼道理，所以他接著說：「阿同，去把五年前這一份筆錄全部調出來，我要親自看一看。」

「這……」方聲同面有難色。

「有困難嗎？筆錄還在嗎？會不會搞丟了？」

張高明一連串問話讓方聲同有些招架不住，他只得趕忙說：「還在，還在，隊長，只是還要花時間找。給我一點時間，這兩天找出來給你看看，我並沒有把這件事當兒戲，我還查訪過那位神父，以及治療過他的所有醫師……」

正當兩人對話時，忽然有人開門進來在張高明耳邊說了些話，他聽了之後轉身要走，離開前還不忘叮嚀方聲同和陳木春：「好了，就談到這裡。阿同，不要忘記我要看的筆錄，還有，陳木春，認屍情況如何也要即時向我報告。」

「是，隊長。」方聲同和陳木春異口同聲說道。

張高明用手比了個通話姿勢，然後離開會議室。

「阿同，你眞是的，腦筋有問題嗎？在隊長前面提王建國，你不知道他是隊長的愛將？還提到什麼陳年筆錄，眞是沒事找事做，拿石頭砸自己的腳！」陳木春取笑道。

「算我倒楣，說溜了嘴。我要先去找出這份筆錄，不然隊長會奪命連環call。剩下的影片交給你欣賞了。」

方聲同也跟著離開會議室，只剩陳木春孤獨地盯住螢幕看。

2

張高明走出會議室，不是有什麼命案的線索進來，而是要處理一點私事。

警局的刑警提醒了他兩件事：一是今天早上《芒果日報》的狗仔隊呂大中，來警局詢問「狼人」殺人案的偵辦進度，他還到處詢問公文收發室的小翠叫什麼名字，是什麼來歷等等。還有一件更奇怪的事，就是有人打電話來警局找王建國刑警，知道他過世後，便立刻掛了電話。

張高明知道這兩件事以後，心中怒不可遏，在走出會議室後，憤怒地向前來告知的刑警問道：「這呂大中走了嗎？」

「走了大概半個小時。」

「他媽的！想辦法找他回警局。說他媽的我要給他狼人的有關消息，給他獨家報導！」

「是！我立刻去辦。」

看到隊長難得這般生氣，這位刑警趕忙去聯絡呂大中。

張高明回想了一下，想到了昨天晚上他去小翠家吃飯的事。他始終覺得身邊有說不出來的詭異氣氛，想不出是什麼道理，現在才知道原來是被狗仔隊跟蹤了。他懊惱自己爲什麼那樣不小心，身爲刑警隊長，被人跟蹤還不自知。

張高明覺得那狗仔呂大中也太厲害了，除了想探聽小翠外，竟然還查出小翠的丈夫是王建國，打電話來警局詢問。

「我又不是名人，這群人他媽的是吃飽了撐著！」獨自在刑警隊隊長辦公室的張高明，忍不住拍桌叫罵。

但是，關於這兩件事，張高明只對了一半。

呂大中對小翠有興趣，是跟蹤張高明的意外收穫。所以在跟蹤小翠之後，發現她也是警局的職員，因此藉機來警局打探她的消息，說起來並不奇怪。

關於上述這一點，張高明的判斷是沒有錯的。

但是連打電話給王建國這件事也算在呂大中身上，這就判斷失據了。試問，呂大中連小翠是誰都不知道，怎麼會知道她的丈夫是王建國？

其實打電話的是李神父，當他從接電話的警員口中知道，王建國在五年前就過世之後，便失望地掛了電話。

※　※　※　※　※

李神父把五年前的事串聯了起來。

「原來王建國離開人世！怪不得後來的事就不了了之。全警局大概只有他相信我的話，其他的人都當我是神經病。」李神父自忖道。

他又陷入了沉思，不知道下一步要怎麼做，因為要說服警方相信他的話，一定又得從頭開始，王建國對他做的筆錄，也不知道有沒有留下來，如果重新報案，要讓其他人相信自己所說的，一定得大費周章。

「我相信主的大能會指引我，讓警方揪出這個變態殺手，不要讓他再度危害人間，使得更多人受害。」李神父默禱著。不久後，他看到桌上的報紙，標題寫著：

「糾纏二十年，年輕小伙子已是滿頭白髮」

報紙上寫的是有關「狼人」這個殺人犯的歷史糾葛，除了再回顧那十個被「狼人」

殺死的被害人以外，也順道介紹有「狼人通」之稱的張高明，秀出他二十年前，站在先前偵辦此案的刑警大隊隊長胡仲秋身旁的合照。因為胡仲秋接受訪問時的照片，也把張高明拍了進去。

把舊照片對照前兩天蹲在第二殯儀館「相驗解剖中心」外，他孤獨地抽著菸的畫面，真的是符合了報紙下的標題。

李神父被這則報導吸引了，花了一些時間看完裡面的內容。

「不管如何，我總要試一試，相信主會指引著我前進。自助才有主的幫助！我應該把所有的資料備齊，自己先當警察，把所有來龍去脈像當初王建國警員問我的方式，寫清楚，再配合我的病例，用資料來說服張高明隊長相信我。」李神父尋思道。

李神父開始在辦公桌翻找，希望找出五年前的病歷摘要，他打算據此到醫院影印病歷，用受傷的過程和手術紀錄，證明自己跌倒不會有這樣嚴重的結果，再寫出當晚所見，想以此說服刑警隊長張高明。

而在另一邊，呂大中興高采烈地走進張高明的辦公室，真的以為張高明會給他一些內線消息。不過他一坐下，就發現張高明陰著臉，模樣恐怖。

「查殺人案，查得是不是有點過火了？」張高明劈頭就問，語氣不是很和善。

呂大中心頭一驚，但是老油條的他依然陪著笑臉，故作鎮靜回答：「大人，你說的是什麼？我聽不懂？」

「你他媽的不要給我裝死。查凶殺案查到我和小翠幹什麼？」張高明忍不住爆粗口。

「大人，你有話好好說。」呂大中依然不認。

「明人不說暗話，你查小翠幹什麼？想把我擺上你們的頭條嗎？你罩子給我放亮點，不要去糾纏她，你要是再亂搞，我把五年前那筆帳跟你結清，讓你變成頭條，不信咱們試試看！」張高明愈講愈激動，把五年前呂大中因爲跟蹤他，拍到了被害人血腥的畫面當頭條這件事，又提出來恫嚇呂大中。

爲了這件事，五年前警政署長在專案會議上，當面把張高明海削一頓，讓張高明耿耿於懷。

看到張高明這樣生氣，呂大中畢竟是老油條，姿態放軟說：「大人，不要生氣，我……」

「還有，你在哪裡查到小翠死去老公的名字，還打電話來問什麼？問心酸的！」張高明不等呂大中說完，立刻又念了他一頓。

不過這會兒呂大中也火了，立刻回嗆道：「大人，我自己沒有，而且也沒有叫人打這種電話，我連那個女的是誰都不知道，怎麼會知道他老公是誰？更不用說他是死的、活的？至於那個女的，好漢做事好漢當，我有隨口問了一下，你不要我查，我就不問了！」

「電話眞的不是你打的？」張高明語氣比較和緩了一些。

「眞的！我發誓。」呂大中舉起右手。

兩人之間忽然像停電了，沉默了半晌，張高明首先開口：「你可以走了。」

「大人，那殺人案的新消息呢？」呂大中不死心地問。

「沒有！」

「剛才你叫別人打電話找我說……」

「快滾，不然把你銬起來，明天就是頭條！」

聽到張高明下逐客令，呂大中只好趕快離開。

雖然吃了一頓排頭，讓呂大中心裡很不是滋味，但明眼人一定看得出來，張高明和小翠之間似乎有什麼曖昧關係。雖然呂大中當下參透不出什麼端倪，但多年記者的第六感，使得硬頸的他愈發興起戰鬥的意志。

「好，我就叫一組人好好盯死你們，看到底是誰上頭條？誰怕誰，烏龜怕鐵鎚！我準叫你和五年前一樣，再出糗一次！」呂大中心裡吶喊著，默默向張高明下戰帖。

3

刑警陳木春正開著車，利用衛星導航出發前往「安心療養院」，因爲殺人案的死者已經確定是周心怡，就是療養院日間病房的病患。

昨天下午，周心怡的姊姊到第二殯儀館認屍，確認被害人就是自己妹妹，她悲痛欲絕，幾乎昏厥，在刑警方聲同的攙扶下，才能勉強返回警局做筆錄。

周心怡自小父母雙亡，和姊姊在叔叔的撫養下長大，兩人相依爲命。個性害羞的她，只曉得念書，交友的圈子很小，所以雖然是屏東市某小學的老師，卻找不到合適的結婚對象。

這樣的情況持續到周心怡三十歲之後，在幾次學校辦的未婚聯誼裡，她終於認識了一位電子業新貴，旋即和他陷入熱戀，她也自認找到了眞命天子。

不料這段戀情並沒有想像中順遂，最後終究以分手收場。原因除了兩人的時間配合不來以外，內向的周心怡，生活品味與那位男士格格不入，讓男方覺得索然無味。

分手以後，深深陷在感情枷鎖裡的周心怡一直傷痛欲絕，造成精神崩潰，住進了南部某醫學中心的精神科病房。

接受治療的周心怡未見起色，反而有惡化的現象。姊姊透過朋友介紹，停下手邊所有工作，六個月前把她帶到臺北市的「安心療養院」。

結果在楊醫師的治療下，周心怡的病情獲得控制，慢慢有了進步。兩個月前，她由普通病房轉至日間病房，心情愈來愈正面，讓姊姊寬心不少。

趁著妹妹的病情漸趨穩定，周心怡的姊姊返回屏東，準備讓自己經營的服飾店重新開張，不料還沒回去多久，就和妹妹天人永隔。

在刑警隊裡，方聲同的任務是安撫周心怡的姊姊，以及從她口中了解周心怡的生活和交友狀況，並製作筆錄；而原先找出周心怡身分的陳木春，則負責前往「安心療養院」，蒐集有關周心怡在這家醫院接受治療的狀況，探訪她在這家醫院的主治醫師、護理人員，還有與其他病患互動的情形等。

所以，陳木春打了通電話給「安心療養院」的院長朱一波，說明殺人案的被害人是該院的病患周心怡。朱院長知道箇中原委後，給了善意的回應，除了答應不對外透露有關訊息，還安排照顧過她的主治醫師、護理人員與陳木春面談，配合調查。

「安心療養院」是坐落在臺北市近郊，依山傍水的一家醫院。這幢八層的大樓隱身在花木扶疏的公園旁，環境清幽，要不是大樓頂上有斗大的醫院招牌，很難讓人想像它是一家照顧有身心疾病的精神科專門病院。

當初成立這家醫院，正是精神科疾病受到重視，毒品「安非他命」在臺灣氾濫的時候。它的存在除了讓人滿爲患的醫學中心喘口氣以外，也提供給那些想戒除安非他命而無處可去的病人，一個避風港。

正因爲這樣的契機，讓「安心療養院」成爲北臺灣非常有名的私人精神病院。

接下來幾年，由於政府致力掃除安毒，戒毒的病人逐漸減少，不過也因爲精神科病患的權益逐漸受到重視，精神科醫師也不再以類似「牢籠」的觀念，把病人禁錮在醫院的病房內，所以「安心療養院」投入日間病房的照顧，逐漸將醫院變成精神科病人與社會接軌的角色。

陳木春把車子停在醫院附近的路邊，先準備好筆錄需要的本子和筆，並確定錄音設備和相機電力充足後才從容下車。

在沒有進到「安心療養院」前，陳木春先打量醫院一會兒，確定沒有狗仔隊的蹤影才往醫院大門靠近。他怕警局內有些好事的人，事先透露死者身分，讓狗仔隊跑來醫院

「搶頭香」，以得到頭條新聞。

不過看了附近的環境以後，陳木春覺得自己想太多了。

走進「安心療養院」表明自己是刑警後，陳木春在醫院一樓服務人員的接待下，走上樓梯，往二樓的行政辦公室走去。走上樓梯前，陳木春發現一樓有個很大的空間，前面有道鐵柵門隔著，裡頭似乎有很多人走動。

「那是我們的日間病房。」接待陳木春的服務人員說。

「哦！」陳木春刻意放慢腳步，透過鐵柵門的縫隙往內看，發現病人三三兩兩走來走去，有時還可以聽到間歇的嘶吼聲。

「那個人叫Coco，很有趣也很有禮貌。不過有時覺得自己是獅子，會鬼吼鬼叫。」

「哦！」陳木春想想，其實滿羨慕這樣的人，鬱悶時可以隨便大叫來發洩心裡的情緒；不若他有時看不慣張高明，卻連屁都不敢放一聲。

他和Coco最大的區別是，一個在籠子裡，一個在籠子外。但如果為了能大叫紓壓而住在這樣的籠子裡，他其實也不要。

陳木春在服務人員的引導下，最後到了二樓的貴賓室內等待。

大約過了五分鐘後，有位穿著長袍的醫師進了貴賓室，主動走向陳木春，笑容滿面說道：「陳刑警，你好，你好。啊，請坐、請坐。」

陳木春不敢怠慢，準備起身相迎，卻被醫師招呼坐下，兩人熱切握手，接著交換名片，然後一起面對面坐著。

「副院長，您好！久仰、久仰。」陳木春看著手中的名片，醫師叫做羅柏．楊，不過對照他的臉孔，實在讓他覺得有些奇怪，並不是醫師棕髮、淡色瞳孔的混血兒模樣，而是年齡不太相符，因爲他的職務已是副院長，照理說要有些年紀，但他看起來大概只有三十歲左右。

「副院長，你好年輕。」陳木春隨口稱讚道。

「那裡，那裡，再幾個月我就要過五十大壽了。」

他的回答著實嚇了陳木春一跳。陳木春心裡想，如果他和楊醫師站在一起，被別人說成五十歲的應該是他，而不是楊醫師。雖然他年底才滿四十歲，不過因爲經年累月的操勞，已是肚大髮禿的中年人了。

眼前這位楊醫師，不止臉孔是三十歲左右而已，雖然身材不高，卻依然維持「過分的」勻稱，好到陳木春覺得他的舉止像個女子，稱他是「娘炮」也不爲過。

但是，並不是每個人都十全十美，以楊醫師講話爲例，讓陳木春覺得他嘴裡可能含了顆滷蛋，使得他口齒不清，整體的優雅從容體態立刻被扣分。

正當陳木春這樣想，而忘了繼續接話的時候，楊醫師先開口了：「陳警官，聽說你今天來，是想詢問有關心怡的事，她怎麼了？」

「院長沒有告訴你嗎？」陳木春詫異地問。

「告訴我什麼？」楊醫師一臉狐疑地看著陳木春，顯然真的不知道陳木春和院長通過電話的事。

「看來，院長眞是保密到家。」陳木春自忖道。

兩人之間沉默了半晌，楊醫師看著陳木春，等待著他開口。

「這兩天報紙上鬧得很大的殺人案，被害人是周心怡！」

聽到陳木春這句話，楊醫師的頭立刻低了下來，雙方用力掐著自己的頭髮，激動地說不出話來，顯然無法相信這件事情。

「眞的嗎？眞的嗎？」楊醫師抬起頭來，紅著眼眶反覆問著陳木春。

「眞的，楊副院長，心怡的姊姊都來認屍了，而且確認是她。」

陳木春嚴肅地看著楊醫師，告訴他這不幸的消息，兩人之間因此默不作聲了一段時間，最後陳木春先開口：「楊副院長，我們來談談你的病人周心怡吧！」

這時楊醫師情緒已經平穩下來，不過臉色還是很沮喪。

「楊副院長，對不起，我們之間的談話可以錄音嗎？」陳木春問。

楊醫師點點頭，深吸了一口氣，接著說：「陳警官不要那麼見外，一直叫我楊副院長，你叫我Robert就可以了。」

「這……」陳木春搔著頭，感覺難爲情。

「沒關係，陳警官，太嚴肅不合我的個性。」

看著楊醫師誠懇的態度，陳木春也不再見外，打開了錄音筆，靜待他談談周心怡。

「心怡是個很內向的孩子，從小的生活環境造成了她的憂鬱傾向，什麼事都往負面思考較多。好不容易有第一次戀愛，卻也經歷人生第一次失戀，個性使然，讓她盡往牛角尖裡鑽，最後造成她徹底崩潰。」

楊醫師說話時眼睛盡往窗外看，似乎想說個很古老的故事。接著他語重心長道：

「幾個月前，心怡的姊姊把她帶來找我時，她已經在南部某醫學中心治療一段時間了，而且當時的診斷有些錯誤，她是被判定爲『精神分裂症』。可惜，在接受藥物治療後，她出現了強迫行爲、被害妄想的副作用，讓她更像精神分裂症，醫師加重藥物劑量。結果適得其反，讓她有發抖、肌肉異常持續性收縮、面無表情等的現象。歸納起來，這是診斷偏差，其實她應該是個『躁鬱症』患者……」

「所以你……」一堆醫療名詞，聽得陳木春頭昏腦脹，也不知道躁鬱症是什麼，所以不知如何追問。

「我接觸到心怡以後，除了調整藥物之外，也努力和她打好關係，最後再輔助催眠治療，讓她的病情逐漸獲得控制。最近開始和她姊姊談，準備將她轉回南部的精神科門診追蹤……」楊醫師此時臉上起了一些變化，露出了一點點得意的神色。

「催眠，你也會催眠？」陳木春顯得很詫異，在他筆記本上寫了「催眠」兩個字。

「我還是箇中高手呢！在業界頗有名聲。」

趁著陳木春寫字的空檔，楊醫師很自豪地說了這句話，不過並沒有引起他的興趣，因爲他接下來的問題都繞著周心怡的人際關係打轉。

「對了，陳警官，我有個線索，不知道對你有沒有幫助。」楊醫師忽然打斷陳木春問話。

「什麼線索？」聽到很多枯燥答案的陳木春，忽然精神一振，趕忙問道，也準備記在筆記上。

「心怡也是『Zoanthropy』的患者。」

「Zo……」陳木春想複誦，但英文不是很溜的他，支支吾吾。

「對不起，不應該對你說艱澀的醫學名詞，『Zoanthropy』翻譯成中文叫『變獸妄想症』。」

「變獸妄想症？」

「所謂變獸妄想症，是精神病患者在發病過程，會認爲自己是心中認爲的那種動物。像心怡就覺得她是隻小綿羊，不僅會四隻腳爬行、學羊叫，有時不但不吃飯，只吃跟草有關的東西。我曾在她發病時，帶她去醫院外的公園觀察，發現她竟然會啃草皮。」

楊醫師的解說讓陳木春驚訝地說不出話來，更不知道如何發問。

「她和我另外一位『變獸妄想症』的病人馮康是絕配，他常把自己視爲大野狼，不管清醒與否，兩人在日間病房都會上演『大野狼與小綿羊』的遊戲……」

「馮康，他還在這裡住院嗎？」

陳木春似乎發現了新大陸，立刻想找這個叫馮康的病人。

「馮康這個病人現在病況很穩定，幾個禮拜前就回到工作崗位了。」

「哦！」陳木春語氣帶點失望，不過辦案的第六感告訴他，這個叫馮康的人應該是這件殺人案的關鍵。

怕遺失任何重要線索，陳木春還是詢問楊醫師日間病房的種種，而且也要求查閱和周心怡同時期住在日間病房的病患名單，沒想到安心療養院院長似乎也知道警方會有這樣的要求，早就準備好名單給楊醫師。

「怪不得，一大早就準備好這份名單，說一定用得到。」楊醫師一邊嘀咕，一邊把名單交給陳木春。

陳木春瀏覽名單時，楊醫師因爲另有要事先離開，只剩下他獨自在貴賓室。不過楊醫師交代他，有三位院長安排的護理人員，會輪流和他一對一見面，回答他任何問題。

「陳警官，你看，我們家院長多麼細心和小心，在沒有和你會面之前，我都搞不清楚怎麼回事。而且他也預先知道你要什麼，安排好所有事。」楊醫師似乎有點吃味，臨走前向陳木春說了這些話。

「對啊！貴院朱院長眞是體貼，難怪他把這裡經營得這麼好，讓貴院名聞遐邇、遠近馳名。」陳木春附和道，嚼了一下舌根。

陳木春對於朱院長的作爲並不訝異，在沒拜訪安心療養院之前，他已經上網稍微google了一下，早就知道這家醫院在朱院長用心經營下，聲譽卓著，靠著他獨到的眼光，率先投入特定醫療行爲（例如：戒毒和日間病房等），讓安心療養院贏了面子也贏了銀子，成爲知名的醫療院所。

不僅如此，朱院長還接受了《商業周刊》專訪，當了封面人物。

陳木春在等待其他護理人員的空檔，整理了剛剛和楊醫師會談的重點，他認爲除了馮康可能是重要嫌疑人之外，安心療養院的日間病房應該也有什麼重要線索。

4

陳木春揉了揉鼻梁，讓瘦澀的眼睛休息一下，然後從椅子上站起來伸展筋骨，準備和最後一位護理人員，也就是「安心療養院」的護理部主任做會談。

他已經和兩位日間病房的護理師談過，老實說，並沒有什麼特別驚人的收穫，因爲周心怡不是活潑外向的人，除了和馮康互動較好以外，和其他人的關係乏善可陳，幾乎沒有參考價值。

陳木春最大的意外應該在那兩位護理人員身上。

並不是那兩人提供了什麼額外的線索，而是她們的臉蛋、身材，還有說話的態度，讓陳木春覺得自己不像警察在問話，倒像是選美比賽的評審對佳麗品頭論足，做比賽最後的機智問答。這兩位護理人員的共同特色是——天使的臉孔、魔鬼的身材、說話輕聲溫柔，整體的感覺幾乎可用「賞心悅目」四個字形容。

陳木春心裡想，如果她們不是精神科的護理人員，他一定會想辦法來醫院看看，沒病也想個名堂來這裡瞎混一下，因爲光爲了看這兩個護理師就値得走這麼一遭了。

其實，這是楊醫師刻意安排的結果。他是日間病房的主任，自有一套經營理念，除了他自己態度從容優雅、體態保持完美外，他希望日間病房的護理師也要漂亮、體貼及身材姣好。

所以，楊醫師甘冒不韙，主導日間病房護理師的任用、晉升，靠著某些董事撐腰，完全不把朱院長、護理部主任放在眼裡。雖然他們兩人恨得牙癢癢的，也不便發作，因爲安心療養院日間病房的照顧品質，不僅獲得醫院評鑑的肯定，也好幾次讓朱一波代表醫院，接受衛生署表揚。

不懂其中原委的陳木春，伸展筋骨之後，期待著第三位護理人員到來。他心想，護理部主任雖然比前面兩位護理師年紀大一點，但經過之前的面談經驗，同理可證，她的水準應該不會太差。

不料，當陳木春看到護理部主任進來時，像活生生被人從頭上淋了一大桶冷水——

一位肥肥矮矮的中年婦人，用手推車帶了一大疊文件進來，還因爲門的推力太大，讓文件散了一地。

陳木春趕緊上前，幫忙固定住門，然後撿拾地上的文件，放到手推車上。

情勢底定後，護理部主任將手推車文件送到陳木春的身邊，在沒有坐下時，先將名片遞給陳木春：

「陳警官，剛剛謝謝你。我先自我介紹，我是本院護理部主任古韻華，請多指教。」

兩人客氣地相互寒暄後，就面對面坐下。

「古主任，這些文件是什麼？」陳木春指著身旁的文件說。

「這不是你要求的病患資料嗎？院長下令，乾脆就把整本病歷印給你，裡面有你要的基本資料，像是住址、電話、緊急聯絡人等，還有病程紀錄，你可以參考。」古韻華回答。

「什麼！連病程紀錄都有。我又不是醫師，怎麼看得懂？」陳木春看著手邊的文件，驚訝地回答。

「不會啦，陳警官，精神科的病歷和其他科別不一樣，其中大部分的病程紀錄都是中文寫作，除了專有名詞以外，一般人看得懂七、八成。」

陳木春隨手翻了旁邊的病歷，發現裡面如同古韻華所言，絕大部分用中文記載。這些病人的資料，都是他要求院方提供的。

在和第一位護理人員會談完之後，已到了中午用餐時間，陳木春原本想暫時離開安心療養院，出外用餐，但院方提供了高級便當和飲料，誠心誠意留他下來。在用餐當兒，楊醫師提供了和周心怡同時期住院的病友名冊。陳木春發現除了馮康以外，另外還有兩位病患，因爲病況穩定，也返回原先的工作崗位，一個叫許天佑，一個叫趙大龍。

陳木春要求安心療養院調出這三人的資料，希望先對他們開始查訪。至於其他病人，因爲都還在日間病房內住院，他想在調查完前述三人後，再一一訪談。

陳木春隨手翻完病歷，確定是他要的那些病患之後，就和古韻華面對面，開始問話：「古主任，周心怡可能眞的是一個無趣的病人，在你前面的兩位護理師，說的都大同小異，所以，我想談點別的，說說你們日間病房最近有什麼特別的事好了。」

「啊？這……」

古韻華被陳木春這麼一問，當場傻住了，不知如何回答。

「讓我這麼說好了，那你說說看，你們日間病房有什麼地方和別家醫院不一樣好了。」

陳木春在聽完楊醫師和兩位護理人員提供的線索以後，他認爲古主任不會有更特別的內幕消息，所以提了這個與案情無關的問題。

其實，陳木春並不是想有什麼突破，他最大的目的是想多了解日間病房，等有了些基本概念以後，才不至於只在病人身上打轉。他心裡想，說不定這裡的環境因素，提供了殺人案發生的平臺。

「陳警官，我可以跟你說，本院的日間病房是全國醫院的翹楚，說我們是表率也不爲過……」

生性高傲的古韻華，爲了自己在工作上的尊嚴，條理分明，仔仔細細地把安心療養院日間病房輝煌的歷史從頭到尾說了一大串，其滔滔不絕的程度，彷彿在爲陳木春做簡報，講的內容除了彰顯醫院的過人之處外，重要的是，也用了迂迴的方式來稱讚自己的領導風格與成就。

「對不起，古主任，我要打斷妳一下……」

雖然古韻華講得興高采烈，但對陳木春來說卻好比疲勞轟炸，他認爲自己是來辦案，不是來聽別人歌功頌德的，所以在耐著性子讓古韻華說了幾分鐘後，終於忍不住要她稍微停一下。

「古主任，我覺得我們之間要溝通一下。我要的是一些比較不一樣的東西。嗯，讓我這樣說好了，你們日間病房有什麼八卦？尤其是病人之間，或者工作人員之間，說來聽聽，讓我參考參考。」陳木春開門見山地說。

對於陳木春這樣莫名其妙的要求，古韻華先是一怔，不過隨後恢復了鎮定。旁觀者一定以為，古韻華八成是被陳木春這種不按牌理出牌的辦案風格嚇到了，但是事實卻不是如此——陳木春這樣的舉動反倒正中古韻華下懷。

她和現任院長朱一波，還有楊副院長都是安心療養院的創院元老，不過她是屬於朱院長這一派的人馬，和朱院長一鼻孔出氣。原因無他，他們兩人都受不了楊副院長的強勢作風與氣燄，尤其古韻華最不能忍受他插手日間病房護理人員的任用與升遷，完全無視於她的存在。所以，當朱院長和古韻華知道楊副院長的病人出事時，他們兩人事實上是有些幸災樂禍的。

在陳木春來訪前，朱院長和古韻華先開會擬定對策，兩人的共識是除了配合警方調查外，同時在不影響院譽的情形下，盡量把負面的新聞推給楊副院長，傷害他的人格或聲譽，如果可能的話，最好能使他因此下臺，那是兩人的終極目標。

之前古韻華在接受陳木春問話時，一直找不到見縫插針的機會，如今聽到他做了球給自己，讓她可以肆無忌憚地抹黑楊副院長，她心裡的快樂確實是筆墨難以形容。

「這樣有損陰德呢，陳警官……」古韻華故作遲疑狀。

「古主任，我又不會說出去，反正天知、地知，你知和我知而已。」

「喔……這個……」

古韻華假意遲疑了一下，吊了陳木春的胃口，接著又說：「我們楊副院長在精神科醫療的領域，是屬於比較特立獨行的人，雖然他自有一套，不過，業界對他毀譽參半。」

「爲什麼？」陳木春不假思索問道。

「楊副院長並不是純然學院派的奉行者，他會用所謂的『催眠』來輔助藥物和行爲治療，並且誇大催眠的療效，好像無所不能。很容易讓學院派的我們，覺得他不務正業……」

古韻華的態度，讓陳木春覺得她對楊副院長是嗤之以鼻的，所以發問：「催眠有什麼不妥嗎？」

「催眠並沒有什麼不妥，而是楊副院長倒果爲因，摒除了正統精神疾病治療的模式，把他經手病患的病況穩定，幾乎都歸功於催眠的效果。他甚至大言不慚地說，好的催眠可以控制並穩定病人的心智，而他就是箇中高手……」

聽到古韻華這種說法，陳木春思緒一下子如籠中鳥被釋放出來，腦袋裡忽然浮現出許多催眠師在電視上的表演——一群被控制住的人，在催眠師的指示下，做出許多不可思議的動作，有些令人發噱。想到這裡，陳木春忍不住笑了出來。

「陳警官，有什麼不對嗎？」

看到陳木春這樣的反應，古韻華感覺有些莫名其妙，但礙於他是警官的身分，也不便發作，對楊副院長的批判只能被他硬生生打斷。

陳木春也知道自己失態了，腦筋轉得快的他，連忙答道：「我也覺得不可思議。而且想到那些常在電視做廣告的催眠師，我就笑出聲來，因為我認同妳的說法。」

陳木春巧妙化解了自己的失態，同時又要回主導權，接著再問道：「古主任，還有什麼可以說的嗎？」

陳木春趁著古韻華回答的空檔，低頭在筆記本上寫了「催眠，控制人的心智」幾個字。

而古韻華聽到陳木春的回答，心裡更是快樂，覺得自己下面要說的，不管是真是假，應該對楊副院長有一定的殺傷力。她想的是，她的話不見得會讓警方把楊副院長列爲嫌疑人，但是如果陳木春透露一些給報紙、電視記者們，依現在臺灣的媒體生態，隨便穿鑿附會、誇大渲染她所講的，對楊副院長的名聲一定有不小的影響。

「接下來我要說的，可能對本院的院譽有所影響，所以我說的任何話，希望僅止於我們兩人之間，除非對案情有幫助。」古韻華故意把語氣裝得嚴肅起來。

陳木春不由得附和道：「當然、當然，我知道，古主任妳就說吧！」

古韻華接下來所說的，竟然是楊副院長在日間病房和護士亂搞男女關係，腳踏好幾條船，讓護士們爲他爭風吃醋的橋段。同時，也說他垂涎某些頗具姿色的女病患，吃她們豆腐，讓她們敢怒不敢言。

古韻華把楊副院長比喻成大作家米蘭昆德拉的名著──《生命中不能承受之輕》的男主角托馬斯一樣，是風流成性，喜歡和護士亂搞的醫師。

雖然陳木春聽不懂托馬斯這一段，但「近水樓臺先得月」的道理他是知道的，同時他也了解，收入豐厚的醫師，不管年紀如何，都是女人眼中的肥肉，更遑論體態還保持這麼好的楊副院長。

古韻華關於楊副院長和護士這一部分的談話，是安心療養院內甚囂塵上的八卦，不過始終沒有得到當事人證實，僅僅是大家茶餘飯後的話題。至於楊副院長和女病患這一部分，卻是古韻華想當然耳，憑空捏造的假內線消息，希望達到順勢中傷楊副院長的目的。

如果今天陳木春只見到古韻華一個人，她的話殺傷力可能沒有那麼大，但陳木春早先見過另外兩位身材曼妙、面貌姣好的護理人員，所以自然把楊副院長對女病患「揩油」的傳聞牢記在心，甚至記在他的筆記本，列爲重要線索之一。

聊完了這些八卦，陳木春和古韻華之間也沒什麼可以再說了，於是他們結束了會談。

古韻華貼心地把手推車借給陳木春，讓他能輕易地推著那幾位病人的病歷回警局。對陳木春來說，今天雖然在安心療養院耗掉不少時間，但收穫不可謂不豐，因爲周心怡的單純背景，再加上她所處的醫院十分封閉，讓陳木春辦案的方向很明確——殺她的應該是熟人，而這些熟人應該在安心療養院內。

所以，他當前迫切的工作是要找出那三位已經返回日常生活與工作的病患。當然，他也必須了解那位混血兒楊副院長，雖然他對周心怡的死感到錯愕與不捨，但實在無法排除他涉案。

5

看著陳木春推著病歷離開醫院，朱一波心裡確實有點失落，因為陳木春並沒有禮貌性來院長室寒暄一下，他其實也準備了許多有關楊醫師的不利談話，想利用自己院長的身分來誤導警方辦案，在媒體上弄「臭」楊醫師的名聲。

他想說的，其實和古主任相去不遠，只是他並不相信古主任「抹黑」的功力，沒有把握她能在「不影響院譽」的情況下，達到打擊楊醫師的目的。

即使今日位居院長之尊，朱一波仍然對楊醫師忌憚三分，除了兩人年紀相去不遠，擔心他隨時會篡位以外，其中還有兩個關鍵問題：一是楊醫師把自己塑造成安心療養院的明星，知名度遠在他之上；二是楊醫師靠著催眠治療以及其靈活的交際手腕，在安心療養院的董事會影響力愈來愈大，逐漸凌駕他之上。

朱一波和前任的蘇院長以及楊醫師，都是安心療養院的開院元老，原先三人都在北部某醫學中心任職，外人看起來是被安心療養院高薪挖角，但其實是身為主任的蘇前院長領著他們「帶槍投靠」。

依輩分來看，三人之中當然以蘇前院長資歷最深，朱一波比楊醫師高兩個年班。雖然楊醫師比朱一波資淺，但是論學識能力、儀表談吐，都是楊醫師占上風，不過因為蘇前院長是生性保守的學者，很注重輩分與倫理，所以在職務或者表現機會上，一直都讓朱一波占盡便宜。

蘇前院長退休以後，即使他明白朱一波只是泛泛之輩，楊醫師領導統御的能力遠遠在他之上，卻還是建議董事會把院長的職務交接給朱一波，讓楊醫師徒呼負負。

但楊醫師並不是省油的燈，自從蘇前院長退居幕後，他已經沒有什麼好忌憚了，所以開始不停推銷自己。不僅屢屢投稿刊登在世界知名的精神科醫學雜誌，更常利用媒體推波助瀾的力量，分析知名的特殊罪犯，諸如：華岡之狼、殺人魔王徐東志、白曉燕案的陳進興等，不斷提高自己的知名度，彷彿他是安心療養院唯一的明星。

近幾年楊醫師醉心投入所謂的「催眠治療」。因為醫師的身分，一投入市場就造成轟動，雖然所費不貲，卻靠著隱密的環境和口耳相傳的計策，讓很多政商名流趨之若鶩。更厲害的是，他也藉此和安心療養院幾位董監事的夫人搭上線，好好伺候了這些人，慢慢增加他在董事會的影響力。

精明的楊醫師也深諳「老二哲學」。

雖然他把自己塑造成安心療養院的明星，卻從不吝惜在公開或者是私下場合讚賞朱一波英明的領導，表現十足忠誠的模樣，更有甚者，他也常在安心療養院院內的聚會裡，不停拍朱一波的馬屁，有時會讓醫院的員工誤解，說他「噁心」到了極點。

不過楊醫師非但不以爲意，還甘心被封爲「馬屁精」。

朱一波心裡清楚，這是楊醫師厲害的地方，雖然他覺得楊醫師如芒刺在背，也對他插手日間病房的人事很不高興，但是只要楊醫師在院內會議裡用「英明的院長」稱呼他時，與會的人幾乎都會覺得，楊醫師許多強渡關山的建議是朱院長主導的。

挨了很多次悶棍的朱一波其實已經忍無可忍了。很多次都想對楊醫師痛下殺手，只可惜找不到很好的機會。即使他安排了很多暗樁在醫院內、外監視楊醫師，無奈行事小心的楊醫師並沒有留下什麼把柄可以讓他做文章。

如今，殺人案讓朱一波遇到了令他興奮不已、期待多年的機會。

他在接到陳木春警官的電話時，知道殺人案的被害者是楊醫師的病患，心裡就覺得是大好良機。於是，他找了和自己同一戰線、一樣對楊醫師很有意見的古韻華商量，希望擬出能夠給予楊醫師「致命一擊」的計策。

朱一波和古韻華最後想出了利用抹黑八卦，用混淆視聽的方式來打擊楊醫師的辦法，希望警方在透露辦案進度給媒體時，最好能碰上那種眼光短淺、不用心報導的記者，寫一些糊裡糊塗的報導，以「擦槍走火」的方式破壞楊醫師的名聲，更希望在嗜血媒體介入下，讓身爲主治醫師的楊醫師被烏龍報導變成嫌犯之一。

不過朱一波並不曉得陳木春無厘頭的問話，意外給了古韻華「潑糞」的機會，讓她可以好好地把準備的「八卦」、「內幕」一股腦兒說給陳木春聽。

所以，朱一波看著陳木春離去的背影時，心裡頭七上八下。不過，朱一波的手機卻響了。

「院長，天助我也。遇上個喜歡聽八卦的警官，讓我們準備的橋段不費吹灰之力全被他接收了。」

電話那頭傳來了古韻華興奮的聲音，簡要地說明與陳木春會談的種種，頓時讓朱一波寬心不少。

「好、好，古主任，Well Done! Good Job!」朱一波聽完古韻華的報告，開心地掛上電話，臉上盡是欣喜的臉色。

朱一波接著用盡全身的力氣大吼一聲，似乎在抒發這幾年悶住的鳥氣，藉以提振自己的士氣。他遠眺窗外，已經沒有陳木春的身影，此時的他揚起嘴角，忍不住笑了起來。

第三章　謎團

1

在辦公室裡的張高明，手裡握著一個小塑膠袋，裡面似乎有些毛髮，此時的他正對著桌上的文件發呆。

這些文件，除了先前他交代方聲同準備的以外，還有他向小翠要的，王建國生前的遺物——有雜記本、隨身碟，以及歷年的行事紀錄本，裡面條列他每天的工作提要。

王建國是個一絲不苟的人，做什麼事都中規中矩，條理分明。思緒清晰的他，在籌劃任何行動前，不會輕易出手，他要求自己準備充分，再按部就班一步一步做下去，不達目的絕不中止。

所以，在沒有清楚王建國的思路前，你可能不會了解他在幹什麼，但在你不注意的當兒，他就完成了任務，這是他常常令長官拍案驚奇的本事，也是讓其他同仁望塵莫及的地方。

在張高明的眼裡，王建國似乎是他的分身，除了相貌和身材不像以外，個性、行事風格、EQ等，簡直和他一模一樣。也無怪乎張高明幾乎是全力支持王建國做的每一件事，看在其他同事眼裡，不僅吃味、眼紅，大家也都視王建國是張高明力捧的明日之星，前途無量。

因此，王建國的「過勞死」對張高明打擊很大。所以，一開始時他和小翠一樣痛心疾首，要不是牽掛著小翠和她肚子裡的孩子，悲傷的情緒不知道要糾纏他多久。

張高明早已忘記自己花了多少時間看淡這件事。

要不是方聲同無意中說出王建國死前經手的這個案子，張高明大概這輩子不會去翻王建國的遺物。也幸好他能把這些文件看了一遍，不然王建國耗費苦心尋找的答案，可能永遠不見天日。

看完這些資料，不要說是方聲同，連張高明都有些迷惑，王建國到底想找什麼？不過，有些事張高明和王建國的看法是相同的。

首先，傷害李神父的人，應該是暱稱為「狼人」的連續殺人犯沒錯。

因為從犯案時間、被害人年紀，以及傷人手法來看，都和「狼人」前面所殺害的死者符合，最大的不同是李神父並沒有被凶殘地撕開頭部、胸膛。

關於這點，王建國在筆錄裡記載得很詳細：李神父說被披頭散髮、眼睛泛著綠光的雨衣怪客所傷，但他也被李神父的十字架暫時限制行動，施展不了致命的攻擊。

接著，王建國在筆記本寫下自己可能要尋找的目標：「力大無窮的嫌犯，喜歡戴類似鬼怪的頭套犯案，應該是虔誠的天主教徒或基督徒？」

他還用黑粗線拉出了一堆玩具公司，想必都有經營特殊頭套買賣，上面也記載了相關的電話號碼，只不過這些公司名字的前面都被打上了紅色的叉叉，顯然沒有販賣類似頭套的公司存在。

所以，王建國最終在這頁的筆記下寫了一行話：「國外網購？追蹤難啊！夠悶。」

看到這段紀錄，張高明不得不佩服王建國的想像力和分析能力，他可以推斷出「狼人」一些可能的習性和特徵，如果是他自己，或許和方聲同的想法一樣，不會相信李神父所說的。

王建國的筆記裡除了記載上述思路外，有一個看似不起眼的線索也引起他的興趣，而這個發現一直被大家忽略。

李神父受傷後被送到醫院治療，所以身上可能藏有殺人凶手的「生物跡證」早已被破壞殆盡。但是王建國不死心，到教堂裡找到李神父受傷當天所穿的衣物。很幸運的，那些沾有血跡的衣物因爲不堪使用，正被打包起來，等待李神父決定是否丟棄。

王建國將李神父的衣物送到刑事警察局鑑定，和「狼人」前面所犯的案件一樣，除了李神父的血跡外，沒有什麼有利的線索。

不過，細心的王建國發現，李神父的衣服上有一些動物毛髮，經過鑑識組鑑定，並不是人類毛髮。

一般的辦案人員可能覺得，在暗夜裡受傷，躺在公園裡的李神父身上有動物毛髮並不奇怪，不外兩種可能：一是受傷倒地的李神父，身上沾到原來公園地上的動物毛髮；二是受傷的李神父躺在公園一動也不動，如果有經過的動物聞他，甚至舔他，也可能留下該動物的毛髮。

可是王建國的想法很不一樣，他在筆記裡大膽臆測：凶手搞不好帶著狗一起犯案。

李神父有關凶手的說法，並不見得是正確的，因爲他在病歷裡被診斷爲「創傷後症候群」，他和李神父的主治醫師談過，如果李神父被帶著大型猛犬的凶手所傷害，錯亂的記憶片段，符合他在筆錄中的描述。

所以他在臨死前幾個通宵達旦工作的日子，正重新檢視以前狼人連續殺人案件的鑑識報告，他很驚訝地發現，好幾個被害人身上都發現動物的毛髮。

只是，還沒有下一步的作爲，王建國就撒手人寰了。

看到王建國筆記中的紀錄，張高明覺得有些汗顏，因爲他的記憶裡，這些被害人確實有好幾個人身上有動物毛髮的報告，只是都被他忽略了。所以，在留下的案情卷宗裡，不要說有動物毛髮的證物，連個照片都沒有。

因此，現在張高明握在手裡的動物毛髮，是原先夾在王建國筆記裡的證物，更顯得彌足珍貴。

張高明被說服了，他相信，要是能確定這些毛髮是什麼動物，高懸多年沒有破案、令人髮指和造成人心惶惶的連續殺人案，也許就會出現曙光。

2

由於長官和輿論強大的壓力，精神病患周心怡的案件受到了高度重視，不單只有臺北市警察局，整個警界幾乎都動員起來，原本人力捉襟見肘的臺北市刑警大隊，幾天內就由警政署署長親自下令，加派人力支援辦案。

所以，當陳木春從安心療養院帶回一些線索時，張高明就指示其他同仁負責儘快找出許天佑、馮康和趙大龍三個人，帶回刑警隊偵訊。而陳木春則負責專心地把拷貝出來的病歷仔細研讀，看看是否能找出蛛絲馬跡，對案情有所幫助。

表面上看起來，陳木春似乎得到輕鬆的工作。因爲其他同事得忍受舟車勞頓、日晒雨淋，出外辦案，而他卻享有特權，大方的在辦公室吹冷氣、喝茶，悠閒地看著病歷。

但是陳木春對於張高明指派他這樣的工作，卻不怎麼喜歡，因爲他不喜歡坐在辦公室研究堆積如山的文件，他喜歡跑跑跳跳，四處遛達、辦案。

他後悔在專案會議上說「安心療養院帶回來的病例是中文寫作，據該院的護理部古主任所言，讀起來不是很難」等論述。這麼說原本是希望張高明能派個菜鳥看看算了，不料卻落到自己的頭上。

陳木春只能用張高明爲了獎勵他這幾天的辛勞，讓他能休息一下，才把同事眼中的涼缺分派給他。他用這樣的理由說服自己耐著性子，儘快從病歷中找出有利的線索。

沒有想到，陳木春開始研究病歷沒多久，就逐漸喜歡上這樣的工作指派。

因爲讀了精神科醫師所寫的、有關病患的病情報告，就好像在拜讀別人的工作日誌一樣，文筆好的醫師會把病患發作的情形寫得活靈活現，看的人有如親臨現場，跟著醫師觀察病人一般。

當然，還有一個理由讓陳木春喜歡看這些中文病歷，因爲看到這種有關個人的隱私資料，往往能夠滿足人類心底深處「偷窺」的欲望，被滿足的人往往自己都不知道。

他首先看了周心怡的病歷，算是四個人中比較厚的一本，除了因爲她待在療養院的時間比較長以外，她也是楊醫師下工夫照顧最深的一位病患。

從周心怡由ＸＸ醫學院附設教學醫院轉到安心療養院的第一天開始，楊醫師對於她的病情都有詳細記載：

「這位三十二歲的女病患，姑且不論她精神分裂症的診斷是否正確，但顯然給予處方的醫師未盡到追蹤的義務……病患目前的狀況應該是ＣＰＺ（註４）造成的副作用，加上醫師爲了治療這些副作用，又加了另外的藥物，讓情況變得複雜，到底現在要先停哪一種藥物呢？確實是……」

要是以結果推論，陳木春不得不佩服楊醫師最早的評估，因爲後來周心怡的病情在他的治療下，雖然進展很慢，但最終趨於穩定，不需要住在醫院裡，而轉到日間病房。

不過才轉到日間病房的周心怡，病情卻有點變化，讓楊醫師不得不將她轉回普通病房，因爲此時的她，開始覺得自己是綿羊。楊醫師的記載讓陳木春覺得很精彩：

「病患最近行爲怪異，不斷發出咩咩聲，只能做手足爬行動作，令人想到綿羊這樣的動物……她對於所有醫護人員的發問都置之不理，甚至今日在院外公園的團體課，竟然當眾啃起草來……」

讀到這一段，陳木春眞的笑了出來。

「該病患的表現，不應該診斷爲Bipolar所具有的病徵，強烈懷疑是否爲日間病房另一病友馮先生所影響，造成所謂『Zoanthropy』的情形出現……」

陳木春讀到這裡已不像剛開始那般吃力，他藉由google搜尋，能夠稍微了解楊醫師筆下這兩個疾病的定義，一個是「Bipolar」，在精神科的領域裡叫做「雙極性精神失調疾病」，簡稱「躁鬱症」，病患往往會有發狂的「躁症」和極端的「憂鬱」交替出現；而「Zoanthropy」叫做「變獸妄想症」，是指病患發作時，行爲舉止會模仿某種動物。

陳木春的思緒終於和那天與楊醫師閒聊的情形串聯起來，了解他談話的內容，不再頭昏腦脹。

這時他的腦中忽然閃過「催眠」兩個字，在和楊醫師談話的過程裡，他知道這是楊醫師引以爲傲的「強項」。於是他用了「羅柏．楊醫師和催眠」爲關鍵字上網搜尋，看看是否有什麼值得注意的地方。

結果陳木春就發現，楊醫師在忠孝東路開了一間所謂「心靈能量療法及身心靈諮詢」的診所，在網路上很熱門。有很多網頁專章專節討論楊醫師和這家診所，除了收費不低以及很難掛號以外，幾乎全部是正面的評價，更有某些八卦雜誌繪聲繪影地寫出哪些名人是這家診所的ＶＩＰ病患，但多止於傳聞，因爲即使是以狗仔聞名的報章雜誌，也沒在這家診所「逮到」任何名人進出，拍到照片。

陳木春開始特別搜尋周心怡病歷中，有關「催眠治療」的部分，他發現楊醫師雖然寫得很隱晦，記載的可能是短短幾行字，但是護理人員所寫的紀錄中，不僅詳細說明治療的次數，也寫到治療的成果。

紀錄裡常看到患者和醫師對於催眠治療的效果都很滿意，周心怡的狀況雖然進步不快，但是精神科用藥劑量、次數都逐漸減少。甚至在周心怡遇害前幾天的紀錄中，楊醫師還把周心怡的姊姊約到醫院來，兩人已經討論到安排轉院的事宜——因爲楊醫師認爲周心怡的病況很穩定，可以辦理出院回家，或者在南部的精神科醫院門診追蹤即可。

只是周心怡的姊姊不放心，一直央求楊醫師多給她們一點時間，畢竟周心怡已經非常信任楊醫師，一時半刻還不敢出院，害怕離楊醫師太遠。

陳木春看到這一段記載，雖然覺得和命案沒有什麼關聯，他還是在筆記中簡約寫了一下，提醒自己周心怡有這麼重要的病歷紀錄，所以在找到相關的當事人時，看看可不可以提供參考。

陳木春此時心底開始有個衝動，希望在殺人案偵辦告一段落能去楊醫師「催眠治療」的門診，因為最近這幾年工作壓力太大，他已經有明顯的睡眠障礙，已經有很長的一段時間需要安眠藥才能入睡，他想找楊醫師，看看能不能戒除安眠藥。

看完了周心怡的部分，陳木春把精神花在重大嫌疑人馮康的病歷上，他發現馮康的病歷十分精彩。

對於馮康的病情，一開始安心療養院的醫師之間存在很大的分歧：有人覺得他是早期的精神分裂症，隨著時間推演，他的病況會更明顯；有人覺得他只是調適不良，沒有那麼嚴重，只要內心的壓力獲得紓解，症狀自然會慢慢減輕；不過也有人認為他裝病，只是為了逃避現實的壓力而躲到精神科醫院來，至於他逃避什麼，持這樣論點的醫師雖然努力尋找，但沒有挖掘出來。

大家意見會有這樣的分歧，應該來自馮康每次發病都以「被附身」做表現，有時他自稱三太子，聲音是「童音」，像快樂的小孩隨著音樂手舞足蹈；有時他會化身為關聖帝君，擺起舞大刀的身段，坐在椅子上，讓人看起來像在讀《春秋》；他也會扮狐仙，還有一些不知名的鬼魂，無奇不有；更令人感到奇特的是，他也會應醫師要求，瞬間轉變「附身」的角色。

但是在周心怡到了日間病房以後，馮康轉變了自己的角色，成爲「狼」，和周心怡玩起「大野狼、小綿羊」的遊戲，沒事就在周心怡身上磨蹭，光明正大「揩油」起來——這也是某些醫師覺得他沒病的主要原因。

楊醫師倒是沒有在病情的診斷上著墨太多，反而是在病程紀錄中仔細寫下了馮康對「催眠治療」的反應。

有幾次馮康假裝已被楊醫師催眠成功了，最後卻被楊醫師拆穿他的把戲，楊醫師還很得意地記載在病歷裡。

最後，被楊醫師催眠成功的馮康，終於說出多年以來潛沉在內心的恐懼——原來他在很小的時候被小學老師猥褻過，這段不愉快的經驗像是惡夢一樣留在他心底的最深處。不知如何面對的馮康帶著這不堪的記憶成長，最後在生活與工作雙重壓力下崩潰了。他每次在面對無法排遣的壓力時，開始有痙攣、噁心、嘔吐、頭痛、頭昏、全身乏力等症狀，最後以「被附身」來掩飾這種心底惡夢的「救贖」。

楊醫師利用「催眠」讓馮康釋放了心頭多年的壓力，也讓他的診斷確定爲「歇斯底里症」（Hysteria）。

陳木春在網路搜尋了「歇斯底里症」，在某網站裡，有一段完整的描述：

「歇斯底里症，英文意思爲毫無來由的情緒，詞源於希臘文hystera（子宮），古代西方人認爲，此症病患會呈現出奇怪的症狀，是因爲子宮在女性體內四處移動所導致的。在中國古代稱爲『癔病』，即『心意病也』。其表現爲『在一定精神狀況或存在外部誘因的情況下，病人由於恐懼而無法控制自己的行爲。』發病年齡多數在十六至三十歲之間，女性遠多於男性。歇斯底里症病患會呈現一些如痙攣、月經不順、噁心、嘔吐、頭痛、頭昏、全身乏力等症狀，而且多發生於年輕未婚女性，因此大家常常以子宮的移動來說明此症，並根據子宮的原名來爲此症命名。」

對這樣的病，有人在維基百科中寫了論述，認爲病人有以下症狀：

1.情感爆發：病人在精神因素作用下突然失常，哭叫、打人、毀物等，發作時有輕度的意識狀態，發作後部分遺忘。

2.意識朦朧：表現爲夢遊或在意識朦朧下突然出走，而清醒後對發生過的事毫無記憶。

3.心因性遺忘：對曾經是或者仍然是創傷性、應激性的事件部分或全部遺忘。

4.疏離綜合症：自我人格分離或是對周圍環境的「非眞實感」。
5.多重人格：表現出兩種或以上的完整人格，而不同人格之間還可能存在關係。
6.剛塞爾綜合症：假性癡呆。
7.附體障礙：在迷信的背景下常出現的「附身」。

上述的說明很詳細，也很有趣，連不太喜歡看書的陳木春也被深深吸引。看到周心怡、馮康的病歷，還有他們兩人被治療的過程，陳木春開始佩服楊醫師，所以對於古韻華那些近似「扒糞」的八卦，陳木春愈來愈覺得是種「中傷」。

陳木春接著看了許天佑的病歷，出乎他的意料之外，許天佑的病歷幾乎沒有什麼參考的價値。

原來許天佑是位十項全能的好手，雖然苦練很多年，但總是無法有效突破，始終得不到很好的成績。參加彰化舉行的「百年全運會」，許天佑覺得這是自己最巓峰的時候，應該可以得獎，不過卻在短跑的項目，因爲太緊張發生了三次提前起跑的窘況而被判失格，取消了比賽成績。

這對許天佑是個沉重打擊，最後他情緒失控，大吵大鬧，被送往某醫學中心精神科急診接受治療。最後在親友的好心介紹下，他被轉診到了安心療養院。

在楊醫師的悉心治療下，再加上幾次催眠以後，許天佑很快就復元，而且只參加了幾次日間病房的活動，在很短的時間就回到任職學校，繼續擔任體育老師。

有關許天佑的病歷，陳木春可以說是不費吹灰之力，不到半小時就瀏覽完畢。但是在看到最後一位病人趙大龍的病歷之後，他幾乎要哭了出來，因爲趙大龍是楊醫師的老病人，再加上之前在其他醫學中心，以及後來到安心療養院追蹤，算一算他的病程已經超過二十年，自然病歷是一大疊，是四個人之中最多的。

陳木春發現趙大龍的病情時好時壞，常常被消防隊或警員緊急送到安心療養院，高明如楊醫師似乎也對他很頭痛。

趙大龍原來是臺北市建國中學的資優生，但是因爲自我要求甚高，加以課業過於繁重，在高三那年幾次模擬考的成績不甚理想之後，他就崩潰了。

有一天，心情煩悶的他，在自家三樓書房裡，認爲自己是拯救世界的超人，想要飛上九霄雲外，結果他從三樓一躍而下，造成顱內出血及全身多處骨折，差點因而喪命。但因爲趙大龍是建中橄欖球隊的隊長，身材高壯而且底子好，所以讓他能度過這麼嚴重的傷害，在短短不到半年的時間就幾乎恢復了健康。

但是，所有的人都認爲趙大龍摔壞了腦子。因爲他開始有了很多異於常人的舉動——幻想有人在他腦子裡裝了竊聽器和攝影機，藉以監視他的一舉一動。他的個性也變得疑神疑鬼，覺得隨時有人要加害他，所以身上隨時都帶著刀子、打火機以防身；更可怕的是，有好幾次抱著瓦斯筒，嚷嚷著要和全家同歸於盡……

陳木春看著密密麻麻的病歷，覺得頭很大，也不知如何是好，最後只得跳到最近一年的部分，他才發現趙大龍的病情似乎穩定多了，被員警送到醫院的緊急情況也沒有了。趙大龍在日間病房追蹤了幾個月之後，已經被楊醫師轉到宜蘭地區醫院門診治療，目前定居在那裡，幫助父親照顧藏獒繁殖場。

陳木春對於趙大龍病情的變化感到很驚訝，他仔細翻閱趙大龍的病歷，在裡面找到了和其他三人的共通點：「他們都接受了楊醫師的催眠治療，病況才逐漸受到控制，進而能轉回門診追蹤，幾乎和正常人一樣。」

「催眠治療那麼厲害嗎？」陳木春不停地問著自己。

瀏覽完四個人的病歷後，陳木春看著辦公室的壁鐘，已經是凌晨三點多了，他把條列的筆記用Word檔案存下來，準備明天和方聲同好好討論，提供給他參考。

「我應該先去買本跟催眠治療有關的書來看看！」陳木春自忖道。

陳木春發現，催眠比辦案更吸引他。

3

在方聲同和陳木春討論完四個人病歷的筆記重點後，他們在隔天早上透過許天佑任職學校的幫忙，順利將他約談到案。

許天佑很配合警察的調查，迫不及待就在當天下午，在一位律師朋友的陪伴下，來到臺北市警察局。

雖然是下午，刑警大隊的接待室竟鬧哄哄的，好像是菜市場一樣，當然最重要的原因是殺人案死者的身分曝光了，很多記者藉機來這裡，想和刑警們閒磕牙、套交情，挖點殺人案的最新線索。結果他們全部被擋在接待室，自己聊起來了。

當穿著正式的許天佑和律師出現在刑警大隊的辦公室時，剛開始還眞的引起一些騷動，不明就裡的記者不管三七二十一，先偷偷照了相再說。

陳木春和方聲同交完班後，許天佑的約談就由方聲同接手。

第一眼看到許天佑，方聲同的第六感就告訴他，這個人不是錄影帶內，那個殺害周心怡的凶手，除了身材不像外，他那種神經兮兮的模樣，和影帶內那個從容鎭定、狡猾、不留下任何正面影像的凶手不一樣。

在偵訊室內，許天佑顯得很緊張，不只常低頭玩弄手指頭，對於方聲同的提問，他都先左顧右盼，好像恍神一樣，再注視著律師朋友，看到他點頭之後，才願意開口回答。

「警察大人，我的朋友是強迫症患者，很容易緊張。」律師搶話道。

「你講第三次了，我不是聾子。還有，我沒有問你話，請你不要搶話。」方聲同顯得很不耐煩，他受不了許天佑彆扭的樣子，問不到二十個問題，就花了超過三十分鐘的時間，讓他逐漸失去耐心。

「我再問你最後一次，三月十三日的夜裡九點到隔天六點，你再想想看，有沒有人證明你在宿舍裡？」

方聲同覺得許天佑在聽到這個問題時，眼神會特別不一樣，讓人覺得有什麼難言之隱。即使他認爲許天佑不是嫌疑犯，但總覺得有什麼破綻，想多問幾次，讓許天佑自己露出馬腳。

「都已經說了，我那天晚上睡在學校的宿舍，因爲隔天要帶學生去參加田徑比賽。心情比較興奮，所以……」許天佑比前面多說了幾句。

「所以什麼?」方聲同隨口問道。

許天佑又緊張地玩弄手指頭，回過頭去看著那位律師朋友，眼神似乎在詢問是否可以回答，他的律師朋友雖然不知道他會回答什麼，但覺得無傷大雅，所以點頭示意。

「因爲……心情比較興奮，所以、所以……」此時的許天佑突然低下頭來，說話聲音愈來愈小，逼得方聲同只得豎起耳朵，努力想聽清楚一些。

「所以我比平常多打了一次手槍。」

許天佑雖然說得很小聲，但方聲同和律師卻聽得一清二楚。

律師噗嗤一聲笑了出來，但覺得自己失態，立即收斂起笑容，強忍想要大笑的欲望；而方聲同哭笑不得，壓根兒不知道如何將這樣的答案寫在筆錄裡。

方聲同只好耐著性子，再問了許天佑幾個問題，草草結束這次約談。雖然表面看起來是草草結束，可是卻也花了一個多小時。

正當許天佑的律師把方聲同的紀錄看完，請許天佑簽名的時候，張高明忽然從他的辦公室出來，一直找著方聲同。方聲同很快將許天佑兩人送走，接著到張高明面前，陪著他走進刑警大隊長的辦公室。

方聲同看到張高明辦公室的沙發上坐著一位老先生，看起來慈眉善目，他覺得這位老先生有點眼熟，不知道在哪裡見過。待方聲同坐定，張高明向他介紹了那位老先生。

「方警官，這位是五年前你見過的李神父。」

方聲同這才猛然想起，眼前這位老先生就是五年前，他接替王建國的案子裡的關鍵人物，那位一直認爲自己被雨衣怪客攻擊的神父。這個案子也是最近他說溜嘴，害得他忙了老半天，把封存的卷宗再拿出來交給張高明的那件凶殺案。

方聲同額頭上冒出了汗珠，他萬萬沒想到，張高明竟然主動出擊，找出案子裡的被害人，似乎想給他難堪。

「他媽的，怎麼那麼衰。今天盡遇到些神經病。」方聲同在心裡暗自罵道，因爲就算張高明再怎麼挺王建國，他的心中依然認爲那個李神父是個神經病，硬是把自己跌倒受傷和連續殺人案扯在一起。

不過聽了張高明的談話之後，方聲同有些釋懷。

原來，今天是李神父主動帶著資料前來，想說服張高明重新審視他被「雨衣怪客」傷害的案子，想不到兩人一拍即合，談了兩個多小時。

「我已經聽了李神父的說明，他的疑問有許多和我是一致的……」張高明試著向方聲同解釋，接著就說出了他的目的：

「我已經和李神父說好了。五年前你經手這個案子，最了解其中的原委，你和李神父再好好聊聊，希望找出些線索，看是否對『連續殺人案』的偵辦有幫助。」張高明直接給了這道命令，方聲同即使心中有百般個不願意，還是得微笑看著李神父，表示他欣然接受這項指派。

「遲早我也會被搞成神經病！」方聲同自忖道。

4

在方聲同訊問許天佑的同時，外號「瘋狗小莫」的刑警莫路加正趕往宜蘭途中，要去某個藏獒繁殖場拜訪。因爲周心怡命案另一個可能的關係人趙大龍，在病歷以及戶籍上，都登記在這個由他父親經營的地方。

在找尋重要關係人這件事，除了許天佑順利以外，趙大龍和馮康兩人確定是沒有任何線索：馮康在命案發生前，早就和家裡失聯了一個多禮拜，而趙大龍和他父親也無法聯絡上。

所以，莫路加今天才會趕到宜蘭，和當地的管區張姓員警會合後，一同拜訪趙大龍和父親定居的處所。

在衛星導航幫忙下，莫路加過了雪山隧道，下了高速公路進入宜蘭。接著，他在阡陌縱橫的產業道路前進，最後在某十字路口停下來，因爲他看到那位穿著制服的張姓員警站在那裡，這是莫路加和他約定的地方。

張姓員警引導莫路加在路邊停好車之後，便將他帶到一間被稻田圍繞的獨立農舍附近。

「莫警官，趙大龍和他爸就住在那裡！」

「張警官，你有先拜訪他們了嗎？」

「打了幾通電話沒人接，昨天晚上也來這裡拜訪，不過大門深鎖。我在門上貼了條子，今天早上趙大龍的父親有回電，我沒有接到，不過，他向同事說會在家裡等我。」

「所以，他們應該在家裡等我們了？」

莫路加問了張姓員警，他很肯定點頭。

由於太陽光很刺眼，莫路加戴上了太陽眼鏡，不過他的眼光卻被路邊白底紅字的手寫招牌吸引住了：

「藏獒繁殖飼養專家，二〇一〇年世界藏獒冠軍犬飼主，歡迎同好配種、交換及購買，電話預約，0932……」

「趙大龍的父親趙子建是藏獒專家……」張姓員警提醒了看著招牌出神的莫路加。

「眞的假的？」莫路加的語氣充滿疑問，似乎還帶了那麼點不屑。

這讓張姓員警聽起來有些不舒服，立刻回話：「莫警官，這年頭什麼東西不要被大陸人注意到。你知道嗎？那裡的有錢人開始在瘋藏獒，豪宅裡若有隻得獎的藏獒，那可是非常風光的事。」

「你怎麼知道？」莫路加稍微拉下鏡架，讓眼睛從上面看著張姓員警，而不是從鏡片。可以看出，他有點驚訝。

「趙子建都紅到大陸去了，怎麼會不知道？這裡常有些高級轎車出入，附近還有好奇的人去參觀。去年查戶口時，我還進去參觀了一下，眞不是蓋的！」

「哇噻！有這種事？」莫路加隨口附和了一下，覺得世間事無奇不有，現在的有錢人玩什麼，他眞的料想不到。

兩人一面說話，一面走路，沒多久就到了那間農舍的門前。不過，還未到之前，農舍裡就傳出狗吠聲，從音量和吵雜的程度判斷，莫路加覺得裡頭至少有十條獒犬。

張姓員警禮貌性按了門鈴，沒想到卻被嚇了一跳，因爲它發出了汽笛聲，而裡面的獒犬叫聲更大了。

等了一小段時間後，張姓員警正要再次按門鈴時，冷不防有人拉了他的肩膀一把，叫了聲「大人，找我？」這舉動把他和莫路加都嚇了一跳。

兩人回頭後，看到了一位高大健壯的男人，留著長髮並蓄鬍，雖然鬚髮已半白，但是看起來仍然是一副十足老嬉皮的模樣。

「歹勢，大人，嚇到你們了？」看到莫路加兩人的反應，老嬉皮齜牙裂嘴笑著，顯然對自己的舉動有點不好意思。

「趙先生，你嘛幫幫忙！走路也出點聲音，還好現在不是七月，也不是晚上，不然會給你嚇死！」張姓員警抱怨了一下。

「Sorry, Sorry，大人請進……」趙子建一面抱歉，一面引導兩人進入他的家裡，張姓員警這才發現，門根本沒關，所以表情有些奇怪。

張姓員警向趙子建介紹莫路加，趙子建知道後拱手作揖，向莫路加說道：「臺北來的刑警大人，久仰久仰……」為了解釋門為何沒關，趙子建又說道：「大人，我這個門從來不上鎖，就算是打開著，也沒人敢隨便進來。」

「我想也是！」莫路加附和道。

莫路加進了門，看到庭院裡的景象，終於體會到張姓員警所說的話，因為映入他眼簾的，有十幾個大鐵籠，裡頭的獒犬隻隻高大威猛，不安分地狂吠嘶吼著。

「安靜！」趙子建突然吼了一聲，庭院內大部分的獒犬都驟然停止了叫聲，只有幾隻不甘心零星地吠著。

這樣的結果讓莫路加兩人滿震撼的，表情全寫在臉上，趙子建看在眼裡，覺得很驕傲，用得意洋洋的表情對兩人說：「獒犬是很忠心的動物，很聽主人的話。」

雖然莫路加對於趙子建能夠成為獒犬的老大感到新奇，但更引起他興趣的，是整齊排列在庭院裡，各種中國武術使用的兵器——刀、槍、劍、戟、斧、鉞、勾、叉……確實琳琅滿目，吸睛度不輸獒犬。

「這些是以前我在臺北開武館所擺放的傢伙……」對於莫路加能注意到這些兵器，趙子建看起來很興奮，不過語氣卻慢慢有點落寞。

「你現在還有再開班授徒嗎？」莫路加好奇地問道。

「自從大龍生病後，我就把武館收起來了，平常偶爾練練，教教大龍，紓解他心中的壓力……」

莫路加當然知道趙大龍這一段，他從趙子建的話裡聽出不捨。當他聽到趙大龍的名字時，猛然記起了此行的目的，隨口就問道：「趙先生，怎麼沒有看到你的公子？」

「你說大龍嗎？接電話的警察大人沒向你說嗎？」趙子建顯得很訝異。

「說什麼？」張姓員警驚訝問道。

「我兒子帶獒犬去北京比賽，已經去兩個禮拜了。」趙子建的表情比莫路加兩人還吃驚，接著又說：「他前天才在北京接受今年度大陸獒犬比賽亞軍的獎盃，鳳凰衛視還有實況轉播呢！可惜，這兩年都只得到亞軍……」

趙子建嘴巴上說可惜，語氣上卻還是掩蓋不住喜悅，充滿驕傲。

「他媽的，那我們今天不是白來了！」

脾氣暴躁的莫路加聽到趙大龍不在這裡，瞪了張姓員警一眼，現場氣氛頓時有些尷尬。

「大人，你今天是來這裡問什麼事？」

趙子建的問題讓莫路加的脾氣立即回復正常，他定下心一想，這趟應該也沒有白來，至少可以知道周心怡被殺應該和趙大龍一點關係也沒有。因爲時間上來說，周心怡遇害時，趙大龍還在大陸，他只要去查趙大龍的出入境紀錄即可。於是他回答說：因爲貴公子在安心療養院的病友遇害，我們依規定來這裡找他談談。」

「是誰遇害？」趙子建問道。

於是莫路加把周心怡命案概略說給趙子建聽，他才知道，自己兒子的病友竟成爲那位變態殺人狂手下新的犧牲者。

「盡殺些老弱婦孺，這個狼人要是被我遇到，我一定讓他滿地找牙……」趙子建說著說著，手腳也跟著比劃起來，雖然有些年紀，仍然架式十足，虎虎生風。

莫路加和張姓員警相視苦笑，只得讓趙子建舞弄一下，沒想到他打拳打到興頭，還不忘炫耀說：「你知道嗎？大人，我的師祖是以前戴笠的徒弟，會很多特殊的武藝，還有暗殺技巧，你知道那個戴笠，就是蔣介石底下軍統局的特務頭子……」

莫路加和趙子建相處時間一拉長，他就感覺趙子建是那種不容易停下來的人。

「或許，趙大龍的神經病是遺傳也說不定。」莫路加自忖道。

5

周心怡的身分曝光之後，「安心療養院」自然成爲媒體的焦點，原本安靜祥和的院區頓時變成「觀光景點」，不只是醫院本身，連帶病患對每天守候的記者、攝影機也不勝其擾。醫院爲了病患著想，只好把大門深鎖，員工們上班就從側門的僻靜小路進醫院，而日間病房病患和家屬出入，只得靠計程車護送到醫院裡，免得遭到記者騷擾。

雖然接到很多家屬抗議，但醫院方面也愛莫能助，即使有公關出面回答記者提問，不過終究滿足不了媒體噬血、咄咄逼人的特性，反而讓他們更想挖掘出獨家內幕。

就在這樣的情況下，楊醫師跳了出來。

他充分利用自己在媒體的影響力，參加很多電視、廣播以及報章雜誌訪問，逐漸把媒體的注意力吸引到自己身上，成功讓聚集在安心療養院外的記者慢慢散去。

楊醫師在媒體的訪談中，徹底發揮本身的醫療專業，精闢分析了「連續殺人犯」的犯罪心理學，揭開了這些人的神祕面紗，讓人心惶惶的臺北市居民能夠紓緩心中的緊張。

楊醫師將「連續殺人犯」殺人的原因用「性格缺陷」來解釋，而且歸納了下面四種方式：

第一種人是爲了性滿足：這些人通常會有暴力的「性幻想」，普通的性行爲無法令他們感到滿足，一定要透過暴力的方式甚至到姦屍才可令他們感受到快感，不然無法紓解心中的衝動。

第二種人是想證明自己比警方強：這類的殺人犯喜歡留下一些線索，和追查他的人玩起一種「鬥智」的遊戲，他們愛上並享受那種感覺，這種自信自大的個性也是讓他們成為殺人犯的原因之一，不過他們內心其實是有很強烈的自卑感而不自知。

第三種人是自命受神所感召而要替天行道，洗滌世人的罪行，他們覺得自己只是在做「對的事情」，自認是神的左右手，教訓那些他們覺得充滿罪行的人，期望淨化他們，創造神的神聖樂土。

第四種人視殺人為享樂模式：這些殺人犯將殺人視為一種「興趣」，唯有殺人才能帶給他們快樂，最後甚至上癮，成為嗜好。所以被捕時也就能暫時讓他們戒掉這瘋狂的「樂趣」，或是直到死亡，他們才會停止殺人的行為。

楊醫師不免俗地分析了那位流竄臺北市二十年的「連續殺人犯」，把他歸類於上述的第二及第四種人，同時也大膽提出假設，殺害周心怡的凶手並不是那位被暱稱為「狼人」的殺人犯，而是另有其人，是個手法粗糙的模仿者，應該很快就會落網。

短短幾天工夫，楊醫師這番言論很快受到大眾注意，原來小有名氣的他變得更知名，儼然和狼人殺手並駕其驅，成為媒體的新寵兒。

當然，楊醫師此舉也受到警方關注，除了因為他是被害人周心怡的主治醫師以外，更重要的是他對狼人的分析和警方大致吻合，自然受到張高明重視，因此他被請到警局許多次，除了製作案情的筆錄外，也徵詢有關殺人犯身分的可能性。

楊醫師會有這樣的轉變，其實是想扭轉情勢。

長久以來，楊醫師在安心療養院的發展一直被朱院長打壓，EQ很好的他，即使受到再大委屈，總還是巧妙利用公開場合捧朱院長，給他戴高帽子，製造兩人和諧的假象，所以朱院長對於始終維持高人氣的楊醫師，一直無法痛下殺手。

這次陳木春來安心療養院約談醫護人員，楊醫師發現，朱院長除了對他「保密到家」以外，甚至在事前有意無意地慫恿日間病房的護士「棄車保帥」，希望她們把所有事盡量推給楊醫師，以免惹禍上身。

但朱院長萬萬沒有料到，這些護理人員對楊醫師絕對忠誠、言聽計從，所以他想陷楊醫師於不義的計畫根本行不通，楊醫師在事前都已掌握所有狀態。

讓朱院長更無法想像的，楊醫師在安心療養院的貴賓室裝了竊聽器，古韻華在陳木春面前所說的那些八卦，楊醫師都聽在耳裡，一字不漏，所以他才決定走出醫院、主動出擊。

楊醫師在事後犒賞了那兩位護理人員各一個名牌手提包，讓她們不顧日間病房那些精神病患的眼光，對楊醫師又親又抱的。

至於打著如意算盤失敗的朱一波則是氣得火冒三丈，他也決定開始要主動出擊，準備匿名投書媒體，讓楊醫師顏面無光，陷於道德爭議。

朱一波寫了篇叫做「道德的邊緣——精神科病患的催眠治療」的文章，副標題還套用莎士比亞著名的舞台劇《哈姆雷特》中，男主角所說的那句名言：

「To be or not to be, that is the question!」

文中朱一波引用了很多期刊的證據，說明精神科病患並非是催眠治療的好對象，尤其是嚴重的抑鬱症患者、偏執狂患者、腦器質性精神疾病伴有意識障礙的患者、精神分裂症或其他重度精神病患者等，其實都不適合接受催眠治療。

因爲患有嚴重心理疾病的患者，通常思維混亂、畏縮，注意力不能集中，所以在催眠的狀況下可能會引發病情惡化，或者誘發幻覺妄想的危險。因此對精神病患者施予催眠，不僅醫療上有爭議，也有道德瑕疵的問題。

朱一波其實文章老早就寫好了，但忌憚楊醫師如日中天的聲望，不敢攖其鋒，只能把它存在電腦裡，等待一個好時機發表在報章雜誌上。

他不相信楊醫師運氣會永遠這麼好，好運總有一天會用完的。

第四章　殺戮開始

1

在虎山廢棄工寮裡躲藏的馮康，此時情緒已將近崩潰邊緣。

幾天前，他很晚才回到暫時的租屋處，卻發現那裡的街道已經被警方團團包圍住，機伶的馮康看到這樣的情況立刻掉頭走人，因爲他相信已經「東窗事發」。

原來，警方在查訪許多安心療養院的員工和與周心怡有關的病患之後，才花了一星期的時間，就鎖定馮康是頭號嫌犯而發布通緝——不要說是安心療養院的醫護人員，就連馮康的父母也覺得關鍵錄影帶裡的人，大概就是馮康。

逃離了租屋處之後，爲了怕引人注意，馮康分別在幾個便利商店搜刮民生必需品，然後摸黑爬上臺北市松山區的虎山，這個曾經屬於他父親老友的工寮。這個工寮是父親老友王先生退休後種植山蔬野菜，維持身體勞動的地方。

如今，因爲父親老友過世而剩下空蕩蕩的房子，只有在假日時，馮康帶著父母親登虎山時會來整理一下，讓父親能緬懷老友，對他訴說以前的故事。

這幾天住在工寮的馮康晝伏夜出。白天都躲在裡面睡大頭覺，等到夜幕低垂時，他才敢出來透透氣，跑到山下的小溪旁，用冰冷的溪水洗澡。

馮康不敢使用手機，對於外界訊息的獲得，都是來自隨身攜帶的掌上型電視，這是父親在他離開日間病房的照顧後，送給他的禮物。

馮康對這個掌上型電視愛不釋手，幾乎和它形影不離，他可以和家人不互動，但不能忍受和它稍稍分開，即使是吃飯、洗澡也一樣。這幾天馮康靠著它得到很多消息，包括在到達工寮的隔天，他就知道自己成了家喻戶曉的名人，因爲警方已經對他發布通緝，把他當作是周心怡命案的主要嫌疑犯。

雖然馮康很小心，在殺害周心怡的前一個月，都沒有在命案現場附近出現過，但是百密仍有一疏，在離命案現場不遠處，一支送修的監視器貯存了兩個多月前的影像，裡面就記錄到馮康正在公園勘察地形，雖然只有短短幾秒，卻拍到馮康完整的臉，讓警方可以大膽假設他就是殺人凶手，因爲馮康在命案發生後，就和家裡失聯了。

只是馮康沒有想到，他的行蹤是許天佑告的密，因爲他躲藏的租屋處，曾經是他和馮康一起看A片的地方。

他和許天佑在日間病房認識，交情還算可以，出了院之後，兩人也常在一起，除了會相約吃飯外，許天佑也說服他，讓他們兩人在租屋處鬼混，抽菸、喝酒、看A片，有時候也帶人去打麻將，甚至在裡面辦個小party。

馮康原本朋友就不多，許天佑願意把他當哥們，他自然覺得很高興，尤其又帶著他做以前沒有做過的事，馮康對這些不一樣的人生經驗感到很新鮮。

至於爲什麼許天佑會告密？因爲警方請他看周心怡被害的影片時，發覺他的眼神和舉止都非常不自然，雖然他嘴巴上說不知道，但怎麼可能躲得過警方的法眼？所以在幾次反覆道德勸說、威脅利誘的套問下，終於知道連馮康父母也不知道的租屋處。

不過馮康更沒有想到，他逃離警方圍捕的當天，就被想去看熱鬧的許天佑盯上，知道了他藏匿的工寮。

但奇怪的是，許天佑並沒有告密，反而躲在工寮外的樹林裡，監視著馮康的一舉一動。

經過幾天的躲藏，馮康的錢早用完，掌上型電視也沒有電了，再加上孤獨與逃亡的壓力，他終於忍不住打開自己的手機，想要打電話給母親，即使他知道可能會被警方追蹤到目前的位置，但瀕臨崩潰的他已經管不了那麼多了。

「媽，我是阿康……」電話接通的當兒，馮康已是泣不成聲，說不出話來，悶了幾天的壓力雖然獲得舒緩，但他仍然很激動。

「阿康，阿康，你在哪裡？」馮康的母親焦急問道。

馮康依然不停哭泣，說不出話，心急的馮母不停地安慰著他，也忍不住哭了。

過了幾分鐘後，馮康止住了哭聲，對母親說：「媽，我很害怕。」

「阿康，你在哪裡？」

「我在山上，在王伯伯的工寮裡。」

「那你快下山來，不要逃避了，有事媽媽會陪你……」愛子心切的馮母像連珠炮似說了一大堆，不過卻聽到馮康打斷她的話：「媽，可是我殺了人！」

聽到了這句話，馮母先是愣了一下，但隨即說道：「阿康，可是你這樣躲也不是辦法。趕快回家，媽咪帶你去自首。你不知道，這幾天媽咪都吃不下飯，睡不著覺，你趕快回來……」

馮母對馮康展開溫情喊話，她知道自己兒子的能耐。馮康是家中的唯一男生，從小就被馮母過度保護，不過馮康並沒有過度驕縱，反而是個十分畏縮的孩子，遇到問題就要賴不敢面對，而且愈來愈嚴重，她卻一籌莫展。

直到馮康被安心療養院的楊醫師診斷出「歇斯底里症」，挖掘出馮康童年時被老師猥褻的往事，身為母親的她十分自責，陪著馮康一步一步走出內心長年的陰影。

眼看自己的孩子逐漸康復，卻發生了如此的凶殺案件，對她有如青天霹靂，不知如何是好。但她知道的馮康是軟弱的，為今之計就是盡量安撫馮康趕快投案，因為她也怕馮康會想不開，做出傻事。

經過馮母苦口婆心地勸說之後，馮康的情緒慢慢穩定，心防遂漸鬆動，在她的安撫下，馮康考慮主動投案，準備下虎山和馮母會合，就近前往福德街派出所。

馮康掛了電話，深吸口氣，他終於想通了，準備開始收拾一下工寮，不過此時工寮的門卻被硬生生踹開了，薄薄的門板被踢到馮康的腳邊，接著走進來一個彪形大漢，對著馮康大叫：「你這個懦夫！」

「你想幹嘛？」馮康用著顫抖的聲音問道。

這個彪形大漢沒有回答，反而以迅雷不及掩耳的速度靠近馮康，不分青紅皀白就是一陣毒打。

「你幹什麼，好痛！」馮康無法閃避，只能硬著頭皮阻止攻擊，但根本不是他的對手，不消數分鐘已倒在血泊之中，連哀嚎的力氣也沒有了。

對著倒在地上微微抽動的馮康，那個彪形大漢沒有任何憐憫的意思，反而抬起右腳給了他最後一擊，力量之大，連頭骨都碎裂，腦漿也迸了出來。

躲在工寮外監視馮康的許天佑把整個過程看在眼裡，從馮康哀嚎到被毒打到死，膽子再大的他也嚇得直打哆嗦，爲了克服恐懼，他只好掏出打火機，點了根菸，用力吸著。

活活打死馮康的壯漢，並沒有湮滅證據的打算，確定馮康沒有鼻息之後，他就大搖大擺走出工寮。

看到凶手走出工寮，許天佑機警地蹲在樹叢裡，但仍捨不得把手上的菸熄掉。那個壯漢走出工寮後，聞到了菸味，眼尖的他竟然看到不遠處矮樹叢裡的「紅點」，快步往許天佑的方向跑來。

許天佑見狀只得丟下菸，轉身逃跑，驚恐的他仍然保持鎮定，按照原先規劃好的路線逃走。即使那位壯漢再敏捷、速度再快，在夜裡也無法追到熟悉地形的許天佑。

努力了一小段路的壯漢，最後終於放棄了，眼睜睜看著許天佑消失在眼前的漆黑裡，但是他不甘心，用盡了全身的力量嘶吼：

「呀嗚……」

聲音像極了月圓之夜的狼嚎，迴盪在虎山裡久久不散。

在山區產業道路快跑的許天佑，聽了這個聲音，渾身起了雞皮疙瘩，拚了命加速往山下跑去。

2

馮康慘死在虎山工寮後的隔天早上，臺北市警察局內召開了擴大專案會議，由警政署署長親自主持，會議裡氣壓很低，每位偵辦員警心情都十分沉重。

「我很想知道是誰？但是現在的我沒有時間去管這種雞毛蒜皮的事。不過，我再說一次……」王署長火氣很大，把今天的《芒果日報》丟在會議桌前的地上，斗大的頭條寫道：

「凶案嫌疑犯被殺　狼人案線索又斷」

標題下的照片是虎山工寮、馮康被殺的現場照片，只不過沒有什麼驚恐的畫面，只有鑑識人員在掛有「刑案現場」塑膠封條圍住的範圍內，仔細採證的情形。

王署長會震怒不是沒有道理的。

馮康是在接近午夜被殺，刑事警察局鑑識人員到達現場沒有多久，《芒果日報》的記者也尾隨而至，開始在管制區外拍照，而且試圖採訪出入警察，讓參與辦案的人員不勝其擾。

「如果讓我知道是誰和《芒果日報》糾纏不清，我就……」王署長銳利如鷹的眼神，惡狠狠掃視了全場所有專案人員，「讓他去山之巔、海之濱的小派出所等退休！」

這是舉止始終保持端正、優雅的王署長，第一次在公開場合面露凶光，而且說出類似的恫嚇言詞。

「不要再讓五年前，那種製造民眾恐慌的照片，變成報紙的頭條，知不知道？各位！不要有人像張隊長一樣，著了記者的道。」王署長把五年前的事又說了一遍，這讓在場的張高明覺得很尷尬，心情突然沉了下去，臉色變得很難看。

現場的氣氛變得很凝重，多數人都低著頭聽訓，不知如何是好。而好面子的王署長在理好憤怒的情緒之後，立刻點了張高明說道：「張隊長，頭號嫌疑犯也被殺了，現在專案小組還有什麼線索嗎？」

張高明顯然有備而來，立刻示意陳木春打開投影機，準備將手上的資料用powerpoint

檔案呈現給王署長看。他其實徹夜未眠，在得知馮康被殺後，他比王署長還震驚，連夜在虎山工寮跟著採證，看到馮康悽慘的死狀，連他也覺得於心不忍。

原本他就不把狼人殺手和周心怡的命案畫上等號，而且在確定馮康可能是殺人犯之後，他心中的大石頭就落了地；甚至，他前天還向王署長拍胸脯保證，馮康絕對不是那位大家追緝快二十年的「狼人」，只不過是位模仿狼人的精神病患者，他更告訴王署長，馮康交友簡單，很快可以抓他歸案。

馮康的死，彷彿在張高明的臉上甩了個大耳光。

現在，張高明的眼睛布滿血絲，眼眶也因睡眠不足而有些凹陷，經過一夜蒐集資料的他非常疲倦。

但是他依然提起勁，向王署長報告：「署長，目前掌握的證據，雖然可以說馮康殺了周心怡，但是他應該不是那個『狼人』……」

「這個不是我們現在的重點，我想知道你們手邊到底還有什麼線索？」王署長已經很不耐煩，立刻打斷張高明。

「報告署長，昨晚我們監聽到馮康的手機，他和母親通話。從內容判斷，我們認爲他獨自躲在虎山。在追蹤到地點後，幾乎在山下的警網都動員了，結果到現場一看，只發現馮康的屍體。」

張高明簡單的開場，接著他轉換到下一張簡報，提出幾點王署長最想聽的：「線索不是斷了，而是我們掌握的東西仍然很混沌。不過至少有幾個方向需要同仁再努力，一是昨晚現場除了馮康之外，應該還有兩人，因爲在工寮內外，各有另外的鞋印。從跡證判斷，在工寮內的人負責殺死馮康，而工寮外的人負責把風，而且完事後先會合，再分頭逃走。」

張高明因爲吸了太多菸，導致沒說幾句話就口乾舌燥，喝了幾口水又繼續報告：「我們也在工寮外找到一截新鮮的菸頭，研判應該和留在外面把風的人有關。至於兩人的鞋印都很大，相信找出品牌後，可以用來追查特定的購買人。」

「有人去蒐集附近的監視器嗎？」王署長問道。

「報告署長，有。也有人去附近的便利商店詢問昨夜當班的員工。」

張高明大聲回答了王署長的問題，他其實十分不屑其爲人處世——沒有什麼肩膀，凡事就怕出錯，深怕有什麼閃失就丟了官職，所以對上唯唯諾諾，對下頤指氣使。

尤其周心怡的命案發生後，挑起了大眾對於狼人連續殺人的恐懼。「狼人回來了」變成街頭巷尾和網路最火熱的話題，住在臺北市的居民更是人心惶惶，到了夜裡不敢在暗巷獨自行走，鄰里的守望相助隊不是乾脆停止，不然就是變成大陣仗的巡邏，避免有人受到傷害。

處在這種氛圍的王署長自然如坐針氈，做事也亂了方寸，給了刑事警察局、臺北市警察局和刑警大隊極大的壓力，好不容易發現馮康是頭號嫌犯，而且破案指日可待，沒想到又發現他被殺了，王署長的焦急可想而知。

其實張高明對王署長隨著大眾起舞的心態很感冒，他認爲周心怡的命案，不過是件尋常的殺人案，應該向社會大眾說明它和所謂「狼人連續殺人案」關聯很低，只不過是模仿他的人所爲。身爲警政首長的他，應該致力降低大眾的焦慮。

但是王署長聽不進去。

張高明知道王署長的個性，所以昨晚徹夜親自完成了今早的專案報告，他認爲降低王署長的焦慮比辦案重要。

他已經放棄向王署長說明周心怡和馮康的命案，都是手法粗糙、破綻百出的案子，不應該投注如此大的心力，避免警力的浪費。不過，如今他的心念一轉，希望借力使力，查一些目前未解的謎團。

在討論完任務的分配之後，張高明吊了王署長的胃口，告訴他有個重要的線索是最近發現的。

「和『狼人』有密切的關係嗎？」王署長問道。

「很有關係！因為我們認為幾年前的他，應該帶著某種不知名的動物犯案。」張高明避談王建國和李神父，只把連續殺人案中都有留下動物毛髮的事告訴王署長。

「最近，我在瀏覽這個事證時，發現一件非常有趣的事……」張高明刻意停頓、拉高音量，強調這件事的重要性，接著又說：「動物毛髮送給農委會鑑定，竟然不知道是什麼動物，農委會建議送國外鑑定。如果查出來是什麼，可以用飼主追蹤，找出誰是『狼人』。」

有人將公文遞給王署長，他快速翻閱，立刻回應：「需要經費吧？那就上個文，研究看看可行性。」

張高明發出會心的一笑，因為這是王署長慣用的言語，表示他同意張高明的提議。

「不過，你們不覺得『安心療養院』的楊醫師，似乎也有些問題嗎？」

王署長忽然天馬行空亂問，不過張高明似乎早有準備，接著回答道：

「兩位被害人都是楊醫師的病人，經過他的治療，病況似乎都慢慢穩定，可以回歸正常生活。至於為何有這樣爆炸的變化，我們多次訪談過楊醫師，他的回答千篇一律，認爲是精神科病患的不可預測性，也許是拒吃或少吃藥，但人死了，一切都不可考。不過……」

「不過什麼？」王署長問道。

「楊醫師以『催眠』見長，在忠孝東路有個政商名流趨之若鶩的診所，顯然那一套似乎很吃得開。」張高明答道。

「政商名流不是很多神經病嗎？」王署長此言一出，讓原來氣氛緊繃的會場忽然爆出笑聲，久久不散。

待笑聲漸漸停歇，張高明繼續說：「陳木春因爲對安心療養院著力較深，所以也去讀了點催眠的書，認爲目前情況失控，或許和所謂『催眠後暗示』有些關聯……」

張高明花了點時間解釋所謂「催眠後暗示」的作用，是指催眠師在催眠狀態中暗示被催眠者，要他醒來之後看到某個訊號就去做某件事情，而被催眠者在醒來後，都會毫不猶豫去執行這項指令，所以有人利用它來治療菸癮，或者失眠等。

「這跟案情有什麼重要的關聯嗎？」王署長又問道。

「老實說，一時半刻看不出端倪。」張高明答得很乾脆。

「去查查也好，不過，張高明你可以先去，看可不可以把你的菸戒了！」

王署長開了張高明一個玩笑，現場又爆出笑聲。

不過張高明並不在意，只要氣氛不要那麼緊繃，他也就可以鬆口氣，畢竟他累壞了，眼皮快掉下來，他需要好好睡個覺。

3

這會兒，又是每個月楊醫師在安心療養院留守的日子。

他的房裡躺著正呼呼大睡的許天佑——因爲目睹馮康被殺，接著被凶手追趕，造成他內心驚恐無比，以至於難以入眠。

楊醫師和許天佑已經非常熟稔了，因此，整個催眠過程非常順遂，讓許天佑徹底卸下心房，順利「安撫」他這段不愉快的記憶，避免他心神不寧而無法度日。

趁著許天佑休息的當下，楊醫師正在看一篇署名「未平」的讀者投書，因爲這篇登在《芒果日報》的文章，已經讓他在今天接受了好幾家報紙的電話訪問，不堪其擾的他索性關掉手機，交代醫院總機說找不到他，以免被這些囉唆的記者纏上而無法脫身。

雖然是不具眞名的讀者投書，但楊醫師一眼就看出是院長朱一波的傑作。

「他媽的！還玩字謎接龍嗎？『一波』然後『未平』，難道還有下集嗎？」

這篇名爲「道德的邊緣——精神科病患的催眠治療」的文章，裡頭就是朱一波引經據典對楊醫師的批評，雖然沒有說他對精神科病患催眠是「不道德」的行爲，但是字裡行間，任誰看了都可以了解，朱一波對楊醫師這種作爲不僅不認同，而且不齒，只差沒明著講他的醫療行爲是「揀現成便宜」，置病患於危險的邊緣。

楊醫師已反覆看了這篇文章好幾次，除了火冒三丈外，一時半刻倒也想不出什麼反擊的對策，只能用「見解不同、不能以偏概全」敷衍記者詢問。

看著朱一波副標題還套用莎士比亞的《哈姆雷特》中，男主角所說的那句名言：「To be or not to be, that is the question!」楊醫師一把無名火就燒了上來。

「媽的，眞的宣戰了！」楊醫師暗罵道。

楊醫師想到這裡，就熱血沸騰。一直以來，他認爲朱一波只是因爲「輩分的倫理」才有今天的位置與權力，朱一波踩著他的成就，一步一步到達院長的職務。

同樣身爲安心療養院的創院主力，論能力、外型與學術成就，朱一波確實不是楊醫師的對手，但是蘇前院長是個觀念守舊的人，雖然他對楊醫師疼愛有加，但是一想到權力的分配，楊醫師總是矮了朱一波一大截。

楊醫師不是沒有野心，只是朱一波也不是省油的燈，始終利用機會把楊醫師的氣焰踩在地上，同時對董事會拍盡馬屁，穩坐院長的位置。楊醫師始終在尋找機會，不過他也深諳「老二哲學」，讓朱一波無法對他痛下殺手。如今的他，利用「催眠」得到政商名流的青睞，更乘機打進董事會，累積自己的人脈，對朱一波步步進逼。

現在朱一波因爲周心怡的命案，不計醫院的毀譽，和護理部主任古韻華聯手，妄想借用警方的力量，陷他於不義，還好被他巧妙轉換，化危機爲轉機，讓自己變成鎂光燈的焦點。現在馮康死了，還沒有任何線索，朱一波又想混淆視聽，把命案有意無意和他串聯在一起。

想到這裡，楊醫師氣得把報紙揉在手裡，巴不得像這樣掐死朱一波。但忽然一轉念，想到還有件事罣礙著，便立即彈指三下，催醒許天佑。

「好多了吧！」楊醫師問道。

許天佑悠悠醒來，雖然一開始有點迷迷糊糊，但沒有兩下，整個人精神馬上變好，看起來容光煥發。

「好多了，謝謝你，楊醫師。」許天佑對楊醫師的語氣仍然唯唯諾諾。

「那就好了。對了，我交代你的事，有沒有什麼結果？」

「嗯……啊……」許天佑聽到這個問題，忽然支支吾吾，顧左右而言他。

「有什麼驚人發現嗎？還是……」楊醫師這次學乖了，不敢再緊迫盯人，只好輕聲細語詢問。

「這……」緊張的許天佑又開始玩弄手指頭。

「沒有關係啦！有什麼發現告訴我吧。」

「怕你會生氣……」

「就算我生氣，也不是對你生氣，講一下嘛！」

看到了態度和緩的楊醫師，許天佑勉強點頭，從褲子後抽出皮夾，在裡面拿出一張A4紙，好像在唸講稿一樣：「前天下午一點二十九分，尊夫人從您的家裡，被上次那個寶馬的銷售員開著一輛黑色520的寶馬，車號是2688-YG，載了出去……」

「許天佑，我……」楊醫師試著打斷許天佑，又怕嚇到他，只好輕輕拍著他肩膀，像哄小孩一般說著：「不要那麼細，大概說一下就可以了，還有說到我太太不用那麼麻煩，直接說你太太，不要說尊夫人。」

在楊醫師的安撫下，許天佑深吸了一口氣之後，接著說：「那位業務員載你太太到萬寶龍專櫃，買了一組二〇一二文學家限量系列，大概花了七五七〇〇元，然後他們又到亞曼尼專櫃，接著……」

許天佑又開始支支吾吾，說不下去。

「接著又怎麼了？」雖然不是很高興，楊醫師還是壓抑著火氣。

只見到許天佑不敢正眼看著楊醫師，然後像機關槍一樣，說完下面這段話：「接著，你太太就買了套亞曼尼西裝，還有一件Cashmere大衣給那個業務員！」

聽完這段話的楊醫師忽然僵在那裡，像座雕像一樣。

「楊醫師！」許天佑叫著發呆的楊醫師，話好比從遠方來的呼喊，喚醒了楊醫師。

「你爲什麼認爲是我太太買給他穿的？」楊醫師冷冷地問道。

「你太太就叫那個業務員……穿給她看啊……」

許天佑話雖然愈說愈小聲，但是每一個字楊醫師可都聽得很清楚。

楊醫師聽完以後，已是熱淚盈眶，眼淚順著他俊秀的臉龐往下滑，嚇壞了許天佑，因爲他一直敬畏的醫師竟然變成這副模樣，讓他無法置信。

楊醫師似乎也不管許天佑怎麼想了，任由眼淚在臉上放肆，最後伏案痛哭起來。

知趣的許天佑不敢打擾楊醫師，趕忙離開他的値班室，留下他獨自一人在房裡哭泣。

伏在案頭的楊醫師不知哭了多久，最後慢慢起身走到盥洗室，用冷水沖洗滿臉淚痕。他從鏡子裡看著雙眼布滿血絲的自己，心中的感傷頓時又讓他流下淚來。他想起自己前面兩段不幸福的婚姻，感嘆自己的孤單。他實在想不透，爲什麼這輩子都娶不到眞正愛他的女人？

4

當楊醫師在安心療養院裡傷心落淚時，《芒果日報》的記者呂大中正在報社內努力工作著。他有點擔心，對於「狼人」的報導似乎又像以前一樣，在有人被殺之後沸騰一陣子，接著又要沉寂下來了。

二十年來，狼人的手法幾乎如出一轍——出來殺幾個人之後，接著銷聲匿跡一段時間，等待另一個時機復出殺人。而且除了上述的共同點外，找不出可以追蹤的公式，無法預期他復出的時間。馮康被殺後，呂大中感覺到上述的公式又要發酵完成了，殺了周心怡、馮康之後，「狼人」可能又要躲起來。

這對呂大中來說，無疑喪失了另一個可以表現的機會。

五年前靠著跟蹤張高明，呂大中拍到了被狼人殺害的死者，把他恐怖的死狀登上《芒果日報》頭版頭條，雖然輿論大加撻伐，也接到新聞局的罰款，但卻讓《芒果日報》銷售破了過往所有紀錄，連帶同企業的One週刊也銷售一空，使得老闆笑得合不攏嘴。

不過這次「狼人」復出，他根本沒有撈到多少好處，連馮康被殺也因爲警局內的線人過於保守，沒有什麼驚悚的報導可以登上頭條，讓呂大中像洩了氣的皮球，不知道下一個令人「驚豔」的新聞在哪裡。

但更讓呂大中感到失望的，是他賭氣派出那一隊跟蹤小翠的狗仔，根本沒有撈到什麼好消息，只拍到張高明固定帶著便當盒去小翠家裡而已，因此帶頭的小組長向他建議「撤哨」——希望不要再追查小翠和張高明了。

呂大中考慮此一請求，但不知爲什麼心裡始終嚥不下那口氣，一直不願意答應，直到同事提醒他看看今天的讀者投書，那篇「道德的邊緣——精神科病患的催眠治療」，由署名「未平」的作者批評楊醫師的文章。

別人看這篇文章，不管是否認同「未平」攻擊楊醫師的論點，大部分的人看完後就拋諸腦後，不過呂大中卻很有興趣——爲什麼這次狼人特別鍾愛精神科病人，而且這兩位死者又是同一位主治醫師。

所以呂大中今天都在報社內的辦公桌前，好好研究「羅柏．楊」這個人。拜網際網路之賜，呂大中可是見識到楊醫師的影響力，Google的搜尋裡，有關楊醫師的介紹竟然超過一千個項目：有最近對「狼人」命案的解析，也有他對歷來凶殘殺人犯的評論，以及對各種靈異現象和精神疾病的分析，著實讓人眼花撩亂。

但是，呂大中對兩件事的有關新聞特別有興趣。

第一件是有關楊醫師在臺北市忠孝東路所開設的「心靈能量療法及身心靈諮詢」診所。這家診所之所以出名，除了隱密性很高以外，最重要的是有名人加持。

最有名的例子是某位一線女星遭到男友劈腿後，造成種種身心症，例如：胸悶、心悸和失眠；她接受楊醫師的治療，竟然在兩個星期後容光煥發復出。她在某個談話節目被主持人訪問時，不小心透露出是因爲楊醫師替她施予「催眠」和「心理治療」，結果讓許多人對楊醫師的診所趨之若鶩。

不過楊醫師的診所並非人人可以掛號，採取熟客介紹，而且看病是預約制，沒有事先約好，也看不到楊醫師。基於這種「物以稀爲貴」和「隱密性高」的心理，很多政商名流、演藝人員都是楊醫師的座上賓。

呂大中這時才想起，他曾經派了一組狗仔在楊醫師診所的大樓「守株待兔」個把月，想看看有哪些名人出入，卻徒勞無功，空手而返。

另一個網路上的連結讓呂大中更有興趣，那是在一本不很出名，叫做《潮流》的雜誌裡，一篇一年前介紹楊醫師的文章「患難見眞情」，寫楊醫師和現任妻子，也是他第三段婚姻的故事。呂大中這時才知道，身形俊逸、容貌年輕的楊醫師竟然已經快五十歲了。

據文章的時間推算，楊醫師和現任妻子相識在五年前，那時候的他遭遇變故——結縭五年的第二任妻子和他的保險業務員搞外遇，在motel偷情，但或許是太心急，結果車子忘了熄火，兩人最後因爲一氧化碳中毒而喪命。

妻子與外遇對象在motel偷情身亡，成了報紙頭條，楊醫師因此氣急攻心，結果造成小中風住進醫院。

中風後的楊醫師講話有點大舌頭，當時他的主護護理師，也就是現任妻子，陪著他走出人生的陰霾，最後兩人成爲忘年之交。一開始楊醫師只把她當成很好的晚輩和朋友，但是經過兩年多的交往，楊醫師跨越了心中那道牆，終於向她求婚變成夫妻。

雖然兩人年齡相差近二十歲，不過報導裡說，他們之間並沒有什麼代溝，這可能和他的妻子是家中長女，比較早熟有關。因爲她護理系一畢業就接下家中因父親癌症逝世，留下的生活重擔。

看著報導裡的照片，呂大中也禁不住認爲是「郎才女貌」，因爲楊醫師和妻子雖然相差二十歲，但是照片裡的楊醫師看起來卻比她更年輕，不明就裡的人，搞不好還以爲是姊弟戀。

不過，讓呂大中更驚訝的是，報導裡提到楊醫師的第一段婚姻。

除了第二段婚姻讓楊醫師很難堪之外，他的第一次婚姻也不是很好的經驗。那是發生在十五年前的往事，楊醫師剛隨著蘇前院長到安心療養院的時候。當時的楊醫師和同院的一位女醫師已經訂婚了，但是由於楊醫師隨著蘇前院長另起爐灶，離開和她一起工作的醫學中心，兩人分隔兩地，聚少離多，因此讓該醫學中心的泌尿科主治醫師趁虛而入，橫刀奪愛，讓楊醫師的未婚妻琵琶別抱，和他解除婚約。這也是楊醫師爲何沉潛十年才有第二段婚姻的原因。

但是讓呂大中感到驚訝的並不是楊醫師這段婚姻的故事，而是楊醫師那位未婚妻和泌尿科醫師也是死於非命。

他們在新婚旅行中，連人帶車摔下南橫公路的山谷，被燒得面目全非。

「這運氣也太塞了吧？」呂大中自忖道。

對於楊醫師這兩段如此不幸的婚姻，呂大中覺得他眞的是有夠背的。他雖然沒有結婚，不能體會箇中滋味，但心裡確實滿同情楊醫師的。不過，無論如何，兩位凶案的死者都是楊醫師的病人，雖然楊醫師沒有什麼嫌疑，但記者的第六感告訴呂大中，其中似乎有什麼隱情待破解。

坐在辦公桌前，盯住電腦螢幕發呆的呂大中最後終於做出兩個重要的決定，一是要求跟蹤小翠的那隊狗仔「撤哨」，轉而對楊醫師「上哨」。將楊醫師列爲重要的追蹤人物，看看會不會有什麼出人意表的發現。

5

爲什麼張高明要爭取將毛髮送去國外鑑定？因爲這是農委會專家、國立中興大學動物科學系黃秋土教授建議的；而且他爲了這件事，也親自打電話給張高明。

黃秋土教授是農委會的顧問，專長是動物ＤＮＡ鑑定，研究的範疇是利用ＤＮＡ指紋技術，靠著簡單的ＰＣＲ操作及電泳，快速、準確地發現很多動物種別及性別ＤＮＡ分子標記。尤其他運用此項技術，找出許多標榜素食者可以吃的食材，竟然摻雜動物原料，據此揪出這些黑心廠商，讓他聲名大噪。

至於黃秋土教授爲何要打電話來，其實是因爲那些送去鑑定的毛髮有驚人發現，讓他不得不要求張高明替他安排跟發現毛髮的人見面。

張高明詢問黃秋土教授原因，剛開始他神祕兮兮地說是「學術機密」，不肯透露半點口風，直到張高明說毛髮是「命案證物」以後，他才說出這個重要的「學術祕密」。

原來這些毛髮並不是普通的動物毛髮，裡頭牽涉到「新物種的發現」。

黃秋土教授表示，毛髮的DNA序列顯示，它是屬於某種新發現的「狼」品種，但又不完全是狼，因此他已經將報告送往國際知名的動物DNA鑑定中心。

由於只有毛髮，而沒有實體照片，所以國外的鑑定中心需要一些書面的「補強」報告，因此黃秋土才會有這樣「另類」的要求。

接到黃秋土的電話，張高明很慶幸，因爲有王建國抽絲剝繭的追查，才讓這件懸案一點一滴露出曙光。他忽然有種預感，這件糾纏他二十年的狼人凶殺案應該快破案了，於是在幾經思量後，他決定安排李神父和黃秋土教授見面。

當然，這次的會面全得由員警方聲同打點，接到命令的方聲同雖不知道爲何有這樣的會面，但是從張高明要求交辦的事項裡，他卻覺得張高明、黃教授和李神父這一干人等是不是都瘋了？

首先，張高明要求方聲同找刑事警察局特約的畫師，憑藉李神父的記憶，畫出五年前攻擊他的那個「怪客」，而且爲了加強李神父的印象，還希望方聲同從市立圖書館裡，借出一些動物的圖鑑給李神父參考用。另外，張高明也要求方聲同到證物室，儘可能找出狼人連續殺人案中，是否有任何紀錄指出現場有動物留下來的「生物跡證」。

爲了這兩件張高明的交辦事項，方聲同除了感到無奈與困惑以外，更覺得是浪費時間。

不過，等到李神父把腦海裡的影像，藉由畫師的筆繪出後，不只方聲同，連張高明也懷疑李神父的腦筋是否有問題？因爲那幅圖，如果張高明沒記錯，根本就是電影《大腳哈利》裡，那個一直是謎一樣的生物——喜馬拉雅山區稱爲「雪人」、中國稱爲「野人」，而北美地區稱爲「大腳怪」。看到繪圖的張高明，反覆思索，不知如何是好，這時候，一個人在警局出現，提醒了張高明，可以先問問他的意見。

那個人就是楊醫師。

這是楊醫師第四次被請到警察局做筆錄，就有關周心怡與馮康的命案裡，一些待釐清的疑點做說明。雖然他曾經被警方列爲重要嫌疑人，但隨著案情愈發明朗，還有他的不在場證明，已排除涉案的可能，反倒是警方想利用他是被害人主治醫師的身分，從中找出對命案有利的蛛絲馬跡。

張高明其實很早就想找楊醫師談談，只是他實在太忙，抽不出空檔和楊醫師交換意見。因爲他覺得楊醫師在報章雜誌，還有電視廣播中，對狼人連續殺人案的評析很有參考價值，對辦案有實質上的幫助。

今天的確是非常好的機會，楊醫師只是來警察局回答幾個問題，所以在訊問後，張高明徵求他的同意，把他請到自己的辦公室裡，希望他能提供一些想法。

這是張高明和楊醫師首次見面，很早就聽到陳木春說楊醫師的種種，第一眼看到他，張高明很想用「美」來形容這個年近五十的男人，也感嘆老天爺爲何這樣不公平。不過等到楊醫師開口後，知道他因爲曾經中風而口齒不清，張高明有些釋懷了，而且覺得有點可惜。

兩人交換名片後，開始客套地寒暄了一陣子。待楊醫師坐定，張高明破天荒地把警方的卷證交給他過目，裡面是方聲同整理了李神父五年前和最近的筆錄，當然也包含李神父住院病歷的所有影本。

楊醫師津津有味地看著所有資料，時而精讀、時而瀏覽，約莫過了十五分鐘後，他收起卷證，開口問道：「張隊長，你希望我能提供什麼協助？」

楊醫師一派輕鬆的模樣，讓張高明寬心了不少，因此他接著說：「不瞞你說，我們對於周心怡、馮康的凶殺案已失了方寸，這些似乎和那暱稱狼人的連續殺人案有關，但是像以前一樣，所有的線索又斷了。不過……」

「不過什麼？」楊醫師問道。

「五年前有位李神父受到傷害的案子，我認爲和狼人案有關！」張高明斬釘截鐵道。

「爲什麼？」楊醫師又問道。

張高明知道楊醫師會這麼問，因此把二十年來狼人犯案的習性和李神父的案子，分析給他聽。

了解張高明找他的重點之後，楊醫師沉默了一下，接著又道：「以犯案手法和李神父受傷的方式，我不得不佩服你分析和推理的能力，只不過要我相信那個連續殺人犯被十字架所限制或束縛，我是不怎麼相信，哈哈……」

楊醫師的笑聲有點輕蔑，讓張高明聽起來不是很舒服。

「楊醫師，其實還有一件事我們並沒有寫在卷證裡，因爲我們在李神父的衣服上找到某種『動物』的毛髮，所以……」

「所以，你們認爲是教徒帶著動物犯案，十字架在這件事才有意義。」楊醫師搶著替張高明答話，而且正中張高明下懷，讓他不得不佩服楊醫師的推理能力。張高明接著說：「沒錯！楊醫師。你猜的和我們的想法不謀而合。」

於是，張高明把王建國的判斷說給楊醫師聽，希望專業醫師來解釋李神父的筆錄內容，因爲接下來他想把李神父腦海裡繪下的圖，拿出來給楊醫師參考。

「『創傷後症候群』本身就是個籠統的概念，如果你說它是診斷的垃圾桶也不爲過。所以，李神父的筆錄符合邏輯思考的部分，你們從中擷取出來看，也是十分合理的。」

楊醫師的解釋讓張高明心裡寬慰不少，所以他拿出畫師替李神父繪出的圖，也希望楊醫師給個意見。

「這根本就是『大腳哈利』裡的雪人嘛！」楊醫師臉色忽然變得很陰沉，順口說了這句話。

張高明看到楊醫師的表現沒有覺得很奇怪，反而發出會心一笑，因爲楊醫師看到這幅圖的表現，根本和他一模一樣。

「所以，叫我貼這張畫像，告訴大眾說，傷害李神父的嫌犯是『他』，先被當成神經病的應該是我吧！哈哈……」張高明開懷笑著，不過楊醫師的笑容卻很尷尬。

「狼人連續殺人案報導那麼多，一定對李神父造成不小的影響吧？」張高明問道。

「對啊！再加上傷害李神父的人有大型猛犬相伴的話，可能會造成他記憶的片段錯亂！」楊醫師附和道。

張高明聽到自己辦案的思路完全得到專業人士楊醫師的認同，心裡自然感覺到非常得意，所以也忍不住把周心怡、馮康的命案拿出來和楊醫師討論，他更驚訝的是，楊醫師竟然說：「這兩個人的死，應該和那個狼人連續殺人犯一點關係也沒有！」

楊醫師從心理醫師的觀點出發，分析得鞭辟入裡，和張高明二十年追蹤連續殺人犯的經驗不謀而合，更讓他在心裡佩服楊醫師。兩人在張高明的辦公室裡相談甚歡，討論熱烈，對彼此都產生強烈的好感，一直到王署長的電話響起，才終止了兩人這次的會面。

6

張高明順著王建國的思路，對李神父受害過程所下的判斷，雖然得到楊醫師的認同，卻在黃秋土教授來訪後，遇到了任誰也解釋不了的瓶頸。

黃秋土教授原先希望從李神父身上得到新物種的線索，但是反而因此讓他更迷糊。他帶著全世界所有「狼」品種的照片，要李神父指認他看到的和什麼狼相類似，但是看到畫師替李神父繪出的圖時，他感到百思不解。

張高明和楊醫師看到圖時，都認爲李神父的記憶片段因爲受傷而錯亂，讓畫師替他繪出了類似童話《大腳哈利》裡，那個全身毛茸茸的雪怪，但是黃教授卻不這麼想，因爲他在DNA的鑑定裡發現，李神父身上採集到的毛髮，雖然是屬於某個「狼」的亞種，但裡面卻有人類的DNA序列和片段。

一開始黃教授以爲，這是因爲檢體在實驗室遭到汙染，抑或是人爲操作疏失，但是經過反覆確認，連他也親自下海檢驗之後，完全可以確定結果沒有問題，才會興奮地提報到國外的動物DNA鑑定中心，請求再次確認。

爲了補足國外中心的要求，黃教授煞費苦心，準備好了十六個現存和兩個已經滅絕的「狼品種」照片，希望李神父從其中找出什麼異同，不過那張畫師的圖讓他更困惑了。

他的第一個疑問是：臺灣眞的有狼嗎？狼不僅是群居的動物，而且以現今狼群在地球上的分布來看，臺灣根本沒有狼的存在；而且臺灣也不可能有人養狼，不要說條件不可能，狼的野性也不是一般人可以馴服的。第二個疑問是，雖然說那些動物毛髮顯示是新品種的狼，但是沒有辦法解釋其中所潛藏的「人類DNA的序列和片段」，而且這個發現也不能套用在那張畫師爲李神父所繪的圖上——因爲根本沒有「雪人」這樣的動物存在，那和「美人魚」一樣，都只是童話故事裡的人物。

所以，黃教授和李神父的會面，當然不會有什麼突破性的結果，倒是參與會面的方聲同和張高明兩人都很失望。

方聲同的失望是他爲了李神父耗費許多時間，翻出五年前的筆錄重新整理，找畫師替他繪圖，結果黃秋土這個書呆子，竟然煞有介事爲了李神父尋找什麼「新品種狼」，而且更在李神父那張像「大雪怪」的圖案上鑽牛角尖。

「都是一群神經病。」這是方聲同爲這次會面下的結論。

至於張高明的失望是，「狼人」的線索似乎又斷了，他不能發布「狼人」連續殺人案的嫌犯是個像「大雪怪」的殺手，他也不可能把那張畫師爲李神父繪出的圖，作爲民眾提供線索的專刊照片。

「那些『毛髮』可能是大型猛犬的嗎？」張高明還是不死心地問了黃秋土教授。

「不會，DNA指紋不會誤判。」

黃教授鏗鏘有力的回答讓張高明更失望，因爲他不知如何指揮下屬去找一個似乎不可能存在的生物，他只能更相信李神父的錯覺是眞的來自「創傷後症狀群」。但是忠於學術的黃教授還是帶走了那張「大雪怪」圖，準備如實呈現，回報給國外的動物DNA鑑定中心參考。

不過，更令張高明感到困惑的是黃秋土教授和李神父會面時，陪他前來的那兩位年輕、金髮碧眼的神父。

這兩位神父一進到警察局確實是吸引了大家的目光，莫路加一看到他們兩人，不僅態度忽然變成很謙遜，也主動向他們致意。

「小莫，你認識他們嗎？」張高明問道。

「不認識，隊長。不過，他們是梵諦岡來的神職人員。」

「不認識？那你怎麼知道他們來自梵諦岡。」張高明感到很好奇。

「隊長，你看他們黑色毛衣背心左胸的標誌，那個紅底類似盾牌的符號，是梵諦岡的盾徽。」莫路加用手偷偷指著兩人左胸前，確實都有一個不小的紅底盾牌圖案，不明就裡的人還會以爲是某種名牌服飾的logo。

「盾徽？那是什麼？」

「因爲歐洲自中古封建制度發展以來，由許多貴族統治，天主教會爲了奪回聖城耶路撤冷，發動十字軍東征。在戰場上爲區別敵我，發展出紋章的傳統，軍士在服裝、盔甲、盾牌上加上這些貴族特有的標誌，可以凝聚士氣，也不致誤殺，因而紋章與軍隊有關，通常稱爲『coat of arms』，翻譯成中文叫盾徽，他們兩人身上是梵諦岡的盾徽，不過要講它的圖案意義，可以講個把個小時……」

聽了莫路加的解釋，張高明有了些粗淺的概念，而後來經由李神父的介紹，他們兩人眞的來自梵諦岡，屬於信理部，一位是安德魯（Andrew）神父，另一位是賈斯汀（Justin）神父。

張高明趁迴身的空檔向莫路加翹起大拇指，比了個讚手勢，而莫路加從胸口拉出自己的十字架項鍊，張高明終於知道他爲何知道。

那兩位神父靜靜參與李神父與黃秋士教授的會談，還不時交頭接耳，似乎聽得懂中文，了解他們談論的內容。

原來，安德魯神父聽得懂中文，他還當賈斯汀神父的即席口譯，而且在會談結束後，主動找張高明聊天：「張隊長，對於你開放而實事求是的辦案態度，我們深感佩服！」

張高明對於神父流利的中文感到很訝異，稱讚了一下，安德魯神父說自己曾經在臺灣待了五年，兩人因此還閒聊了一陣子。

「謝謝隊長，我們還是言歸正傳。不瞞您說，我們是梵諦岡教廷派來調查李神父案子的密使……」

「密使？」張高明對安德魯神父的話覺得不可思議。

「我只好打開天窗說亮話。根據我們信理部費勒主教的判斷，加上我們從梵諦岡古籍裡的記載對照，我們相信在臺北發生的這些連續殺人案，是眞正的『狼人』所爲，相信你從黃秋土教授的毛髮鑑定報告中得到了解答……」

聽到安德魯神父的話，張高明很想反駁，因爲他還是主觀認定是某位變態殺手帶著大型猛犬犯案。他想回嘴，卻被安德魯神父搶了話：「張隊長，我們先不要爭論，今天你先聽我把話說完，然後彼此沉澱一下，日後需要幫忙，我們一定兩肋插刀！」

安德魯神父雙手作勢往胸膛比劃，張高明看到他這樣local的表現，只有任由他去。

「張隊長，狼人的傳奇在西方歷史一直不曾缺席過，即使到目前，仍以各種型式影響我們的生活，例如：童話故事還有電影等。不過你知道嗎？狼人在英文寫作「werewolf」，根據梵諦岡古文獻紀錄，是源自盎格魯·撒克遜語的字根結合，從字面上解釋，就是指具有變身爲狼能力的人類。這可不是憑空捏造的……」

安德魯神父引經據典說明，基於剛剛的約定，張高明只能乖乖聽他說：「根據研究，狼人是起源於歐洲，最早載於某位希臘歷史學家所寫的書中。他寫到在靠近中亞有一個部族，這裡的人每年都會變身成狼人好幾天，最後再變回人形；另外有位古羅馬時代的作家也記載一位巫師能夠服用一種神奇的藥草變身成狼；而在中古世紀，某位法國國王還發動上萬兵丁獵捕狼人……，說了這些，我所要表達的是，從歷史觀點來看，狼人的部族一直和人類混雜相處著。」

張高明不相信安德魯神父的話，也不想和他爭論，只能板起臉孔聽著。而安德魯神父也善於察言觀色，只能點到為止，於是他盡快結束話題：「無論如何，還是謝謝你聽我說完，沒當我是神經病，需要我們幫忙，我們一定會提供你意見。」

最終李神父三人向張高明告辭離開，結束又一場挑戰張高明認知的對談。臨行前，李神父為了感謝張高明沒有把他當神經病，還找來動物系教授詢問他有關那張「大雪怪」圖的始末，所以他主動向張高明握手，並且取下身上那串跟他多年的十字架作為謝禮。

「張隊長，你已經跟那個『怪物』宣戰了，相信你未來的處境會充滿艱險……」

李神父將十字架拿在手上，緊緊握著張高明的手說：「五年前，這串十字架替我擋下那個『怪物』，讓我逃過死神的召喚。現在我把它送給你，願主的大能賜你平安。」

信奉「關老爺」的張高明本來想拒絕，但是看到李神父那麼誠懇的眼神，以及經由握手讓張高明感受到的堅定態度，他只好收下了那串有十字架的念珠。

看著他們三人離去的背影，手裡握著念珠的張高明只能搖頭苦笑，他覺得撮合今天的會談似乎是錯了，因爲務實的他遇到兩種老頑固：一種是書呆子，一種是迷信的宗教家。

他覺得頭很大，不知要如何向長官報告辦案進度。

7

張高明自從那天在警察局和楊醫師談過話之後，在接下來的幾天，和楊醫師又連續通了好幾次電話。因爲張高明十分佩服楊醫師的專業，認爲他分析犯罪人的心理有獨到的見解，所以又把手邊除了周心怡和馮康被殺害的案子外，一些棘手的案件請教了楊醫師。

兩人相談甚歡，最後楊醫師竟然邀請張高明到他開的診所坐坐，而且要求張高明空出一段非當班的時間，以便能好好招待他。

對於楊醫師這樣的邀請，張高明自然是受寵若驚，因爲他手邊的資料顯示，楊醫師在忠孝東路上所開設的「心靈能量療法及身心靈諮詢」診所，是非常高檔的地方，病患不是閒雜人等，都是有頭有臉的政商名流，不是誰都可以去的。

到了受邀當天，張高明才知道爲什麼狗仔隊一直「攻」不進楊醫師所開的診所。凡是預約到楊醫師診所的病患，都是由診所派出的專車接送，而且上車的地點都選在病患住家外的隱密地點。雖然張高明不是什麼政商名流，來接送他的專車仍然是相同的方式與規格。

如果你第一眼看到楊醫師診所的專車，一定以爲它只是普通的廂型車而已。車窗貼上了全黑的遮陽隔熱紙，車身上卻標示屬於某家設計公司的交通車，讓人和診所的印象根本連接不起來。

張高明依約在警局附近的靜僻巷弄上車，上了車才知道，裡面的世界和它的外觀有天壤之別。

開車的司機雖然西裝筆挺，但掩飾不住衣服下「肌肉棒子」的身材；接待張高明上車的女服務員根本就像空姐，除了身材姣好、容貌清新脫俗外，態度更是和藹可親，禮貌周到；更誇張的是，車廂內改裝成只有四個座椅，整個裝潢模仿航空公司的商務艙，有報章雜誌、飲料的服務，如果累了，座椅還可幾乎放平，讓人睡覺休息。

張高明如同「劉姥姥進大觀園」，對如此高檔的服務，實在受寵若驚，所以在車上幾乎不敢出聲，更不敢正眼看面前的接待小姐，最後還是她主動打破沉默，和張高明閒話家常，化解兩人之間因初次見面產生的尷尬。

和那位接待小姐閒聊之後，張高明才逐漸了解楊醫師診所的運作模式。像他目前搭乘的車子就有三輛，每部車的內裝都一樣，但是車身上的公司名稱完全不同，而且不定期更換名稱，以確保客戶不會每次都搭乘同一輛車子。

每位來到楊醫師診所的病患，幾乎都是由這樣的車子在僻靜不起眼的角落將他們帶往診所，如果發覺被跟蹤，車上的駕駛會通知楊醫師，再派出另一輛車，用「金蟬脫殼」的方法，在某個商場或停車場，巧妙地將客戶換到另一輛車，再送到診所。如此的做法都是爲政商名流量身訂做的服務。

接送張高明的廂型車最後到了楊醫師診所的大樓，直接進大樓的地下停車場。出乎張高明意料之外，廂型車並沒有直接停在特定車位，反而倒車停在貨梯前面。

在張高明還沒有搞清楚是怎麼回事的時候，司機就先控制好貨梯，接著打開車後門，直接讓接待小姐帶著張高明走進貨梯。此時若從車外來看，根本像是司機準備卸貨，除非很靠近車身，不然不會知道走進貨梯的人是張高明和診所接待小姐。

當然，貨梯是直達到診所內部的。楊醫師在裝潢這層大樓時就特別要求貨梯開口要在診所內，而且必須有相當的掌控權。

跟著接待小姐上樓的張高明，感受到楊醫師替病患處處設想的細心，也想通了爲何政商名流對這裡趨之若鶩。但是，等到他眞的走進診所之後，又更加佩服楊醫師了。

剛進楊醫師診所內的張高明，是被另一個專人——當然也是身材高䠷、面貌姣好的女護士引導他到專屬房間，這樣的好處是每個病患都有尊榮的感覺，而且不會被其他的病患和閒雜人等撞見。

房間裡面布置得非常溫馨，水晶吊燈散發著鵝黃色溫暖的光線，把房裡以橙色爲基調的裝潢變得更高雅，地毯、沙發，以及爲了理療按摩擺設的按摩床，都有著絲絨般的質感。

接待的護士給了張高明一套寬鬆的袍子，告訴他先在房裡的浴室盥洗，接著會有人替他做一小時的理療按摩，放鬆一下心情，以便最後再和楊醫師見面。

隨後，這位接待的護士在房裡點了含有檀香味道的精油，按了牆上的開關，房裡的燈光從剛剛溫暖的光明轉換成昏暗的氣氛，著實有使張高明放鬆心情的作用。

最後，接待護士在深深一鞠躬之後，親切地和張高明道別。

此時房間裡只剩下張高明，他緩緩閉上眼，聞著散發出東方神祕香味的精油——檀香、佛手柑、檸檬等，還有一些說不出的味道，讓他渾身舒暢，捨不得睜開眼睛。

也不知過了多久，房裡的電話響了，張高明才驚覺自己竟然不小心睡著了。他趕忙接起電話，服務人員詢問他，是否可以派理療師來替他按摩了。

張高明敷衍電話那頭的服務人員，告訴他再十分鐘就可以了。掛了電話後，他立刻跑進浴室，也無暇欣賞裡面精緻高雅、一片雪白的布置，匆匆洗了個戰鬥澡，再穿上那套寬鬆的袍子，躺在按摩床上等理療師。

不消幾分鐘，理療師敲門之後進入房內，張高明看到了她，就覺得楊醫師管理這家診所的手法確實有一套，因爲理療師雖然沒有像前面的接待小姐看起來那般賞心悅目，但還是有一定的水準，而且不像他平常在養生中心或泰氏按摩店看到的那些人，讓人覺得俗不可耐。

張高明原來以爲她的按摩技巧可能不怎麼樣，但是等到她一出手，張高明就覺得這也是楊醫師精心挑選的人，她的手勁並沒有因爲是女性而差強人意，反而每一下都按到了張高明陳年的痛處。

雖然理療師每按一下都讓張高明忍不住呻吟，但是張高明不但不覺得難過，反而覺得痛快。

「先生，您的工作壓力很大吧？」理療師問道。

「嗯。」張高明的回答是順著理療師按摩手勁所說的。

此時理療師跨坐在張高明的背上，用手肘加上全身力量在背脊上滑動，每一下都讓張高明陳年的背痛得到釋放。

張高明可以感覺到理療師沉重的呼吸，同時伴隨著她身體發出的淡淡幽香，讓張高明有些意亂情迷，讓他忘了身上困擾多年的疼痛，甚至忘了自己現在身在何處。

不知不覺，張高明竟然又沉沉地睡去了。

張高明在理療師巧手按摩下，全身放鬆，睡了偵辦凶殺案這陣子以來最舒服的一覺，而且也做了個美夢。

夢裡，他親手將那個養狼的殺人犯繩之以法，連帶也破獲他養狼的祕密基地，那是在中央山脈某個人跡罕至的地方，有成千上萬頭狼聽命於他，而這位殺人犯正密謀要用這批野狼大軍攻擊人類社會。還好有他率領幹員偵破這個案件，使得人類倖免於難。

張高明也夢到自己因此被破格擢升爲警政署長，把那個只會唯唯諾諾的應聲蟲踢下署長的位置，讓底下的人額手稱慶，也替自己出了多年怨氣。

另外，張高明竟然夢到自己和小翠在教堂裡完婚，在鐘聲裡他挽著穿著白紗的小翠走向祭臺前的李神父。當然，大寶和二寶是兩人的花童，不時回頭看著他們，張著缺少門牙的嘴巴咯咯地笑著……

正當張高明享受這一切時，理療師輕輕搖醒他，打斷了他的美夢。

張高明看著手錶，距離進楊醫師診所的時間，已經超過兩個小時了。他睡了一覺，雖然感到神清氣爽，但或許是長年疲勞的關係，他還是有些想睡。

理療師整理好自己的行頭，向張高明鞠躬告退，並且告訴他，再過不久楊醫師會來替他看診，請他坐在沙發上等待即可。

張高明向理療師道謝，在她離開後，他才算是再度仔細看了這間所謂「診療室」的布置。

房間裡的水晶吊燈雖然巨大華麗，但不會顯得突兀，它散發出溫暖的黃色燈光，雖然亮度不是很大，卻可以把房裡擺設看得一清二楚——除了按摩床放置在靠牆的位置外，在門旁擺放了一組沙發，是新潮的淡橙色系，和面對它的原木色辦公桌，十分搭配；而地毯讓張高明踏起來感到很厚實，雙腳彷彿踩在柔軟的青草地，上頭精緻的圖案與金色線條，也告訴來訪的人它所費不貲。

「這應該是傳說中的波斯地毯吧？」張高明心裡猜想。

房間裡飄散的味道也讓張高明覺得心曠神怡，忍不住想要多幾次深呼吸，空氣的香氣中有他最喜歡的檀香味，還有小翠喜歡的「佛手柑」，平常小翠就愛把精油放在超音波冷噴儀裡，讓它變成滿室生香的噴霧。

張高明並沒有看到什麼散發精油的擴香器，諸如：超音波冷噴儀、薰香燈、擴香石等，他在房間裡找了半晌，最後研判，精油的香氣應該是由空調裡面散發開來的。

正當張高明欣賞著房間內的裝潢時，楊醫師敲門之後走了進來。他穿著寬鬆的唐裝，身後跟著一位妙齡小姐，穿的是改良過的旗袍，當然是身材曼妙，也長得嬌豔欲滴、楚楚動人。

親切地和楊醫師握手寒暄之後，張高明才知道眼前這位小姐是楊醫師的助手，也是位護理師。

張高明此時覺得，楊醫師比那天在警察局看起來更年輕。

「楊醫師，謝謝你！」在所有人坐定後，張高明首先開口，但是不待他繼續說下去，楊醫師卻搶著說：

「謝什麼謝！剛剛只是前菜，我眞正的看家本領都還沒有使出來。」

「看家本領？」張高明疑惑地問道。

「我都還沒有幫你治療，不然我請你來診所做什麼？」

「治療？對哦……你到底請我來幹什麼？」

張高明確實也沒有問楊醫師爲什麼要請他來診所，以爲只是招待他來這裡按摩放鬆而已，不過他這種無厘頭式的答話卻讓楊醫師身旁的護理師忍不住笑出聲來。

「張隊長，今天請你來這裡，純粹是想請你來診所參觀，順便看看是否能緩解你蓄積在心中多年的壓力。」楊醫師笑著說道。

「我……壓力？」張高明好像舌頭打結，講話有點含糊。

看到張高明這樣的反應，楊醫師顧不了那麼多，搶著答道：「張隊長，那天在警察局見面，恕我直言，我發現你壯年白頭，眼眶深陷，眼袋浮腫發黑，依我行醫多年的經驗，你是個『工作與生活壓力』的受害者。」

楊醫師用堅定的眼神看著張高明，接著又問道：「張隊長，你好像還不到五十歲吧？」

「對，我才四十六歲。」張高明不好意思地回答。

「所以，我找你來是對的！」

楊醫師輕拍了一下桌面，此舉讓張高明嚇了一跳，不得不聚精會神接著聽他說：

「我的診所爲什麼這麼出名？說穿了，這裡是政商名流的『紓壓中心』。爲什麼他們在接受我治療後會守口如瓶，一來再來？除了隱密之外，我提供了這些人不需要藥物的減壓方法，讓他們在充電之後，能夠再次去面對那些巨大的『工作與生活的壓力』。」

張高明想想也對，打從他被接送到診所後，從接待人員、裝潢擺設到理療師，這裡的氣氛令人放鬆與舒適。

因此，張高明對楊醫師所說的話頻頻點頭。

「那你的成名絕技是什麼？」張高明頑皮地問道。

「催眠！你沒聽說過嗎？」

「Sorry，我竟然忘了。」張高明吐了舌頭，敲了自己的頭，看起來很不好意思。

楊醫師微笑地看著張高明，一副十分得意的樣子，接著說：「張隊長，我和你很談得來，所以看到你爲工作和生活壓力所苦，才會忍不住想利用我的專業，替你想一些辦法……」楊醫師對著張高明侃侃而談，鼓吹許多「催眠」的好處，以及普羅大眾對它的誤解。

張高明聽到很心動，忍不住插嘴道：「『催眠』可以讓人立刻戒菸嗎？」

「你看，這又是對催眠另外一個不正確的期待與誤解……」楊醫師顯得很激動，不過他依舊維持優雅的態度，耐心地解釋：

「催眠確實可以幫助人們戒菸，效果雖然立竿見影，但是好的催眠應該還要考慮病人的身心狀況，戒菸就是要特別注意的地方。因爲病患如果藉由催眠的暗示效果而立刻沒了菸癮，接下來的『尼古丁戒斷現象』——心慌意亂、焦躁、失眠、心跳快、冒冷汗等，是沒有辦法靠這種暗示的效果解決的，還是必須藉由藥物減輕上述的症狀……」

由於楊醫師辯才無礙，確實讓張高明寬心了不少。他也可以體會楊醫師邀請他到診所的用心。所以，當楊醫師詢問他是否願意接受催眠，以治療困擾他多年的睡眠品質不良和菸癮時，張高明不加思索就答應了。

最後，張高明在楊醫師美麗的助理幫忙下，再次躺上了剛剛被按摩的診療床。

躺在床上的張高明被蓋上了薄薄的被子，並且被要求閉上眼睛。此時，張高明發覺房間內的冷氣似乎愈來愈強，空氣中精油的香氣也愈來愈重，他很喜歡這種味道，忍不住深呼吸了幾口氣。

楊醫師就站在張高明的身後，導引著他做腹式深呼吸，而女助理也把手放在張高明的丹田處，利用節奏幫助他一吸一吐。在此同時，楊醫師把雙手的食指和中指分別輕扣著張高明同側太陽穴的「淺顳動脈」，持續按壓著。

張高明平常就有偏頭痛的毛病，楊醫師這樣的舉動雖然讓他有局部痠痛的感覺，但是覺得很舒服，尤其楊醫師的手上又隱約散發著「檀香」的味道。

楊醫師對張高明所做的，是對於個性比較強、比較難以「催眠」的人，所慣用的手法——利用精油安定心神，再透過腹式呼吸舒緩緊張，最後以持續按壓太陽穴旁的「淺顳動脈」，讓受催眠的人腦內血液變少一點，使他比較容易接受催眠的暗示。

平常經過前面的程序後，楊醫師就會讓受催眠的人數數字，開始催眠的導引，大部分的人還數不到二十，就會進入催眠的狀態。但是楊醫師觀察了張高明的狀況，發現他的肌肉還是處於緊繃，不得不再利用其他的方法。

楊醫師仔細審視了張高明的身體狀況，發覺可能是女助理的手放在張高明的丹田，造成了他的彆扭，以至於肌肉緊繃；所以，楊醫師示意女助理將手從張高明身上移開。

上述的動作確實降低了張高明肌肉的緊張度，楊醫師見機不可失，立刻將左手移到張高明的左側頸部，緩慢按壓他的頸動脈，然後用低沉而帶有磁性的聲音說：

「我從十開始倒數，你就會進入深沉的催眠狀態，全身的肌肉將會完全放鬆，放鬆到好像躺在雲做的床上，十……九……八……」

楊醫師刻意拉長尾音，同時把左手的力道加大，直至數到零的時候，他說：「你全身變得很放鬆，很想睡覺……沉入你的深度睡眠中……進入酣睡狀態……」

張高明呼吸音由淺而重，進入了被催眠的狀態。

楊醫師按壓張高明頸動脈的動作，是他的殺手鐧，只要使用這樣的手法，幾乎沒有他催眠不了的病人。因爲頸動脈的旁邊有迷走神經，對它施加刺激時，會造成血壓下降、心跳變慢，同時讓頸動脈被按壓的人，到腦部的血流因而變少，使得意識模糊，容易被催眠。

被催眠的張高明，終於可以讓楊醫師對他施予暗示，當然包含他最關心的「戒菸」問題。

8

張高明被催眠後的隔天，帶著精力充沛的身軀去上班。

昨天晚上是他這五年來，更正確地說，是自從王建國過世後，第一次睡得那麼入眠。所以一早起床，覺得神清氣爽，這種感覺已經有好一段時間沒有感受到了。

不過，睡得好並不是唯一令他覺得驚奇的事。張高明竟然發現，只要把菸叼在嘴巴上，還沒有點燃，心中一股嫌惡的情緒就會莫名其妙竄起，讓他立刻把菸放回盒子裡。

張高明依稀記得，昨天楊醫師在替他治療後，告訴他已經用催眠暗示，試著替他把陳年的菸癮戒除掉。不過，楊醫師也給了張高明一些尼古丁口香糖，希望他在「戒斷症狀」出現時能夠使用，避免身體不適。

張高明聽了之後，心裡半信半疑，因爲嗜菸如命的他，已經把香菸當成空氣一樣重要；但是經過昨天晚上到現在，他不得不信服。昨天進楊醫師診所前買的菸，雖然已經拆封了，卻一根都沒有點過。

其實，張高明忽略掉一件重要的事，他現在精力充沛的現象，也是「戒斷症狀」的一部分，他把焦躁當成精力充沛。

這會兒，他因爲一件離奇的意外死亡案件，被下屬陳木春要求到「XX精品汽車旅館」來陪檢察官在現場搜證。

他和陳木春戴上頭罩及鞋罩才獲准進入旅館內一間被「刑案現場」塑膠橫條堵住入

口的房間，裡面已經有幾位鑑識組的警官正在照相與搜證，中間還有一位穿著深色套裝的嬌小女性，她正是這次指揮辦案的檢察官。

站在那位檢察官身後，看著她跟著鑑識人員忙進忙出，張高明忍不住低聲問著陳木春：「菜鳥？」

「嗯！剛就任三個月而已，很潑辣，誰都不信任。」陳木春用手摀住嘴巴，靠在張高明耳朵旁說著，深怕給檢察官聽到。但是從他的口氣裡，可以感覺到一絲絲的輕蔑。

「為什麼檢察官對這個案子很有興趣？死者不是因為一氧化碳中毒的情侶嗎？」張高明問道。

「我也是覺得死因不單純，除了兩位死者身分特殊外，值班櫃檯小姐的證詞和現場發現有出入。」陳木春還是摀住嘴說話。

「有什麼蹊蹺？」張高明又問道。

「死者是『安心療養院』的院長朱一波，還有該院的護理部主任古韻萍。」

「啊！怎麼又跟『安心療養院』扯上關係！」

張高明不經意拉高了音調，卻引起了檢察官的注意，轉身看著他們。檢察官知道是張高明，趕忙過來打招呼：「張隊長，你到了！」

張高明也不敢怠慢，立刻迎向檢察官，和她寒暄了起來。

「鑑識組有什麼新發現嗎？」張高明詢問了檢察官，而她只有搖搖頭，兩人這時不約而同向一位正在搜證的警官走過去。

這位鑑識組的人員手持著ＬＥＤ搜證燈，正一寸寸照著這個房間，忽然發現在電視機前面的地毯上，有好幾處地面上的區塊在燈光照射下，有著淡藍色的反光。看到了這個發現，那位搜查的警官也忍不住道：「這要是同一個人也噴太多了吧？」

「什麼太多了？」檢察官好奇地問。

「這……」鑑識組的警官面色詭異，講話變得支支吾吾，似乎很尷尬。

「有什麼特別的發現嗎？」檢察官試著又問一次，卻發現在場所有的員警都表情怪異，有的甚至忍不住想笑，把頭撇了過去。

最後還是張高明湊近檢察官耳邊說了幾句悄悄話。

顯然，聽了張高明的說明之後，檢察官停止了問話，但她的臉卻也忍不住從耳根紅了起來。因爲她聽到張高明說：「檢座，不要再問了，因爲那些可能都是某個男人的精液。」

還好，這時候方聲同從門外走了進來，化解了檢察官的窘境。只見他手上拿著一片光碟，大聲說道：「監視器的影像拷貝好了。」

原來，警方想要調閱昨天下午這家汽車旅館的監視畫面，找出朱一波和古韻萍開車進入旅館櫃檯前的影像。因爲根據工作人員的筆錄，載著古韻萍進入旅館的是一位頭戴鴨舌帽、身形較結實的男子，而不像朱一波那樣矮胖的身材。

但是，旅館的負責人可不願輕易讓這裡監視器的影像任意外流，他害怕警方對影像監控不力，造成某些上門的顧客身分曝光，因而聲譽受損，影響生意。據側面了解，這裡常有許多企業行號的高階主管帶著小三來此偷吃。所以，方聲同手上這片光碟，可是經由檢察官發出公文，費了一番工夫以後才拷貝出來的。

方聲同和檢察官打了招呼，然後向張高明報告偵辦進度：「隊長，櫃檯小姐說的是眞的，載古韻萍來motel的另有其人。」

「眞的，那這個案子有看頭了！」檢察官說這句話的時候，臉上露出了得意的笑容，因爲她的敏感，把這件看似意外死亡的案子朝向他殺偵辦。

「我再跟鑑識組的同仁看一下。」檢察官又轉身回到剛剛的搜證警官身旁，看看是否有什麼新的事證，留下張高明三人一起討論案情。

「不用她講，我們也會把這個案子好好查清楚……」陳木春又摀住嘴巴嘟噥著。

「新官上任嘛！火大一點。想想也不錯，又多了個潑辣的檢察官，沒啥不好。」方聲同也學著陳木春摀住嘴巴小聲答話。

不過張高明並沒有加入他們兩人的對話，他下意識覺得事情都太巧合了，爲什麼最近的殺人案都繞著「安心療養院」裡的人打轉？現在連他們的院長和護理部主任都被近乎完美的設計殺害了。看起來像到motel偷情的兩人，因爲車子忘了熄火造成一氧化碳中毒而死亡。

這種隔幾年都會發生在motel的意外，差點讓警方失去了戒心，還好檀檯小姐的記性不錯，提醒了檢警辦案人員，不然這殺人案件會以「偷情意外造成死亡」而結案，讓被害人不只沉冤難雪，而且還可能成爲眾人恥笑的新聞事件。

「那個載古韻萍的男人，他的身型最近我好像看過……」方聲同一直敲著頭，想要喚醒自己的記憶。

「想到是誰嗎？」方聲同的話把張高明的思緒拉回現實，急著問他有什麼線索，但方聲同卻搖搖頭，在這節骨眼上，他的記憶似乎就是臨門一腳。

「眞他媽邪門！我們是和『安心療養院』的人犯沖，這陣子經手的凶殺案都跟他們有關。咦……」陳木春話說到一半，忽然若有所思。

張高明看到他的樣子，不禁好奇問道：「有什麼問題嗎？」

「隊長，這些死掉的人都和楊醫師有點不尋常的關係！」陳木春答道。

「前面死掉的周心怡、馮康是楊醫師的病人，而朱一波和古韻萍是楊醫師的同事，都很湊巧，但是有什麼不尋常的關係嗎？」張高明問。

「隊長，周心怡和馮康是楊醫師著力很深的病患，這點從我看他們的病歷裡面可以發現；至於朱一波我是沒有什麼線索啦！但古韻萍似乎和楊醫師有點過節……」陳木春向張高明報告有關周心怡被殺後，他去「安心療養院」找員工做訪談的情形。

陳木春不敢說是他要求古韻萍講醫院內的八卦，但他對古韻萍說楊醫師的種種很有印象，直覺她似乎非常不喜歡楊醫師。

「對他印象不好也不應該是什麼不尋常的關係吧？」方聲同忍不住插嘴道。

「昨天載古韻萍的人看起來像楊醫師嗎？」陳木春反問方聲同。

「應該不是吧！」張高明幾乎和方聲同一起回答，結果他們兩人都很吃驚。

「隊長，你應該還沒有看過我手上光碟內的影像吧？」方聲同首先開口問道。

「是沒有……」張高明的回答有點心虛，而他的心虛，陳木春和方聲同也看得出來。所以，只好對他們兩人據實以告，昨天他拜訪了楊醫師的診所，只是略過了楊醫師替他催眠那一段。

「這麼說，楊醫師可以脫離和朱院長命案的嫌疑了？」陳木春問道。

「我看也未必！」張高明立即回應了陳木春的問題，但是臉上的表情有點凝重。長年辦案得來的第六感告訴他，楊醫師和這些命案，可能真的有點關聯。

9

如果說，張高明爲了這麼多命案感到頭痛，那呂大中目前的情況也好不到哪裡去。

原本他的心情是悲傷的，但是當他看到一則新聞時，背脊卻莫名其妙涼了起來。

那則新聞是《芒果日報》醫藥組所寫的，是有關「安心療養院」新院長發布的消息，雖然整則新聞看起來稀鬆平常，而且版面也不太大，但對於呂大中而言，十分震撼。

新聞是楊醫師正式接掌「安心療養院」院長的報導。這種新聞平常是不會受到醫藥記者青睞的，但是最近的報紙和雜誌都在報導「安心療養院」的前院長朱一波和護理部主任古韻萍兩人在摩鐵被「加工殺害」的消息，自然新院長發布也會引起記者注意，然後再把上述的凶殺案再拿出來寫一遍。

老實說，對於朱一波和古韻萍被殺的案子，呂大中是一點興趣也沒有，因爲他正爲了自己狗仔隊員的車禍事件傷透腦筋。

這組狗仔隊是呂大中手底下最優秀的一批人，最近才被他派遣去追蹤楊醫師，結果還沒有搜尋到任何線索，竟然墜落陽明山的山谷裡，整組人員車毀人亡。

車禍發生在傍晚時分，地點是陽明山往西南方向的僻靜山路，靠近所謂「中正山」的產業道路上。

呂大中想不出這組人員爲何要去那麼僻靜的產業道路，唯一說得通的，就是他們要去追蹤楊醫師，而楊醫師爲了甩開他們，所以把他們帶到陽明山上的產業道路繞啊繞，結果他們一不留神就整輛車摔到山谷下了。

上述的推論如果是對初出茅廬的狗仔隊員而言，或許還說得過去，但是呂大中選派的這組人員可說是身經百戰的箇中好手，怎麼可能拿不到新聞又整組人員命喪黃泉呢？

看到朱一波和古韻萍被加工殺害的新聞後，呂大中有了不一樣的想法。

「這也太巧了吧？」呂大中在心裡喊道。

如果單純看狗仔隊的意外和朱一波兩人的凶殺案，或許沒什麼關聯性，但是如果回顧楊醫師兩位前任老婆死因的話，呂大中認爲當中的巧合太過相似了——和楊醫師訂婚卻反悔的學妹，最後和新婚夫婿在蜜月旅行中，因爲摔車而命喪南橫公路的山谷底；而楊醫師的第二任妻子紅杏出牆，和情夫因爲一氧化碳中毒在motel身亡。

「爲什麼和楊醫師相關的人都得死於非命？而且這些人若是從楊醫師觀點來看，都是讓他難過不舒服，或者是具有威脅性的人？」

不知爲何，呂大中的疑問讓他自己覺得有點恐怖，不敢細想。自從周心怡被殺以來，他所面臨的死亡案件都和楊醫師扯上關係，但楊醫師卻都可以全身而退，撇得乾乾淨淨。

呂大中的第六感告訴他，事情絕對不會那麼單純。

正當呂大中陷入苦思時，他的手機突然響了，上面顯示是刑警隊長張高明的號碼。

「我看不會有什麼好事！」呂大中自言自語道。

一直以來，只有呂大中厚著臉皮打電話找張高明，雖然他有張高明的手機號碼，可是從不敢造次直接撥給張高明，都是透過市警局總機轉接；而張高明也一樣，從不用自己的手機打給呂大中，有什麼事情聯絡，不是透過下屬，就是由市警局總機轉接。

「喂，請問是呂大中先生嗎？我是張高明。」張高明的語氣顯得很嚴肅。

「隊長大人，您好。我是呂大中。」呂大中用興奮的語氣答話。

「希望這是我最後一次爲了小翠的事找你。」張高明似乎壓抑著心中的怒火。

「大人，您在說什麼，我聽不懂！」呂大中當然知道小翠是誰，只不過他眞的不知道爲什麼張高明又來提她的名字，所以他只好油腔滑調地回答張高明的問話，沒想到這樣的態度卻點燃了張高明心中的怒火。

「你他媽的不要給我裝死！」張高明似乎是怒不可遏，接著又說：「我他媽的現在是一個頭兩個大，那麼多凶殺案一點頭緒也沒有，結果現在又要料理你們這些無厘頭的狗仔。我……我鄭重警告你，快把那些跟蹤小翠的狗仔撤掉，不然我見一個扁一個……」

張高明劈頭狂罵，讓呂大中覺得莫名其妙，他把狗仔從小翠身上「撤哨」也有一段時間了，怎麼還會讓她向張高明告狀？

「大人，明人不說暗話，最近絕對沒有找人跟蹤過小翠……」

呂大中話還未說完，就被張高明急著打斷：「放你媽的屁！昨天晚上，小翠上完瑜伽課還被跟蹤，你敢說沒有？」

「我他媽的沒有就是沒有！我是好漢做事好漢當。大人，你要不要去看看新聞，我最優秀的狗仔隊員昨天早上全部命喪陽明山山谷，我哪有空閒去管什麼小翠？」呂大中似乎也火了，不管三七二十一地向張高明咆哮了幾句，結果電話的兩端換來暫時的平靜。

「眞的沒有？」張高明的語氣變得比較和緩了。

「眞的沒有，我可以對天發誓。如果你逮到任何一個我的人，打死他都沒有關係！」呂大中答道。

「沒有就好，我相信你一次。」

張高明掛上電話，留下沉思的呂大中。

「那麼多煩人的事，還要處理張高明那個神經病！」

呂大中理了思緒，覺得有幾件事要做，一是要動用關係找出昨天下屬在中正山出事山路附近的監視器，以釐清眞相；二是再派另一組人馬盯住楊醫師，而且告訴他們，有任何危險地點，諸如：山區海濱，不要盲從躁進，一定要先向他回報。

10

雖然得到呂大中口頭的保證，張高明還是接到小翠的求救電話，因爲她發現有人跟蹤她，而且這次非常誇張，雖然她沒有回頭，卻可以感覺得到跟蹤的那個人遠遠地在她背後，毫無顧忌地發出沉重的呼吸聲，即使在車水馬龍的路上，她還是隱約可以感覺得到。

有好幾次小翠鼓足勇氣往後看去，但是沉重的呼吸聲立刻聽不見了，她不僅沒有看到任何可疑人物，這樣的舉動反而嚇到走在她正後方的人。

張高明接到小翠的電話，心中的怒火已然如星火燎原，不可收拾。

「小翠，妳不要驚慌，現在最好繼續在大馬路上晃，等一下我會過去找妳。哦，對了！大寶、二寶妳不用去保母家接了，我請同事去……」

原來今天是小翠每週一次的瑜伽課，也是她每星期唯一屬於自己的放鬆時間，這是張高明鼓勵小翠參加的課程，而且她已經沒有間斷地上了將近三年。

因爲王建國的猝死，讓小翠在深深的傷痛裡走不出來，爲了能夠讓小翠早日恢復健康、走入社會，張高明不僅替她在警察局安插了工作，同時也接受了朋友的建議，帶著她學習瑜伽。

一開始張高明會跟著小翠上課。他最喜歡看著小翠大汗淋漓，臉上透著如玫瑰般紅潤的臉色，跟著老師做著伸展筋骨的動作。結果張高明沒多久就落跑了，怪只怪他平日少有運動，再加上工作繁忙，於是不到兩個月就打退堂鼓了。

不過，張高明看著小翠能迷上瑜伽，他的心裡就很高興了。

張高明想不透，呂大中所率領的那群狗仔，爲何要以小翠爲目標？爲什麼要陰魂不散地跟著小翠？呂大中到底要做什麼？他的心裡有很多問號。

從電話那頭知道，跟蹤小翠那些狗仔愈來愈明目張膽時，張高明就準備今天晚上和那些人攤牌——他準備讓小翠當誘餌，好好讓他們跟蹤一下，然後在僻靜的小巷弄裡堵他們，狠狠修理那些狗仔一頓。

張高明用電話指導小翠，希望她繞著幾條大馬路後，再往回家的路上前進，因爲他想利用小翠家附近的公園，那裡有些小巷弄，正是可以讓他招呼狗仔們的最佳地點。

小翠聽從張高明的指示，很快到達住家公園附近，只不過她這時發現原來跟蹤她的人似乎不在了，舉目四望，公園只有一些零零散散的人群，看裝扮大概都是附近住戶。

即使感覺不到有人跟蹤，小翠還是乖乖地往公園角落的小巷走去，那裡是緊臨一所職校的圍牆，白天還有學生會抄小路走。到了夜晚，因爲沒有路燈，而且圍牆內的校園有一整排的大王椰子樹，使這裡的氣氛有點陰森，自然人跡罕至。

如果沒有張高明的交代，在這種時間，小翠不會一個人冒險走進這裡。

正當小翠準備走進小巷子裡，張高明早已在公園內小樹叢裡東張西望。他假裝蹲在地上整理鞋子，其實在觀察附近動靜，想要找出那些糾纏著小翠不放的狗仔們。

結果，小翠還沒有走進小巷前，張高明就看到呂大中匆匆趕到，他四處張望，不知道在尋找什麼。

「給我逮到了吧！等一下不狠狠修理你，我他媽的就跟你姓呂。」張高明在心裡暗罵道，同時間他摸了一下後褲帶，確定隨身攜帶佩槍還有手銬。

其實，呂大中不是在跟蹤小翠，張高明錯怪了他。

由於人手不是很充足，呂大中晚上也插花開始跟蹤楊醫師。只不過他萬萬沒有想到，楊醫師今天不知怎麼搞的，活像條滑溜的泥鰍，先是開車在市區裡追逐，最後索性在人群裡躲貓貓。

「你們這幾天跟蹤楊醫師會這樣嗎？」呂大中問了身邊的同仁。

「沒有啊？跟蹤他很無聊，除了住家，就是醫院。」

同仁的回答激起了呂大中的好奇心，他相信楊醫師今天可能有什麼重要的事要去做，才會那麼遮遮掩掩。

只不過楊醫師夠狡猾，幾次閃躲之後，不只把呂大中這群人耍弄得團團轉，更讓他們交叉包抄的伎倆失靈，甚至變成呂大中落單跟著楊醫師。

最後，呂大中在公園裡慌張地找著楊醫師的身影，並沒有注意到蹲在樹叢裡，假裝整理鞋子的張高明。

很快地，呂大中似乎看到熟悉的身影鑽進小巷，只好硬著頭皮跟了進去。張高明這下是見獵心喜，左顧右盼地確定呂大中沒有帶著其他人後，他也隨著走進小巷，而且把手放在後腰帶，準備隨時嚇唬呂大中。

小巷通往學校的側門，晚上學校將側門關起來，這裡變成名副其實的死巷，張高明曾經在晚飯後，帶著小翠、大寶和二寶來這兒玩遊戲，因此才知道這裡，所以設計小翠走這條小巷，準備對跟蹤她的狗仔來個「甕中捉鱉」。

爲了配合張高明的演出，小翠走在巷子裡頭也不回，只管勇往直前，她相信張高明會盡心保護她，不會讓她受到任何傷害，所以走在大王椰子所形成的暗巷裡，她竟然覺得不孤單，反而信心很堅定，即使前面的路那麼陰森恐怖。

這五年，小翠覺得張高明對她所做的，已經超出了長官對部屬遺孀的照顧。張高明不只帶她走出喪夫的陰霾，讓她重拾活下去的動力；對於她和王建國的兩個小孩，也視如己出，適時塡補了他們兩人童年的「父愛」空缺。

這樣的關係，有時也讓小翠感到迷惘，尤其碰到二寶的童言童語時，她也會招架不住。

「媽咪，你去求張伯伯當我的爸爸好不好？」

小翠聽到這樣的要求，當下是臉羞紅到耳根，只好假裝生氣罵二寶來掩飾自己的不好意思，避免他再無厘頭亂問下去。

此時小翠心裡盡是上述那些甜蜜的回憶，讓她根本忘了注意身後的狀況。遠遠跟在小翠後面的呂大中，一開始還看不清楚小翠的身影，只好加快腳步，盡量貼著圍牆走以避免被發現，根本沒發現牆上有個巨大的人影，正處在他和小翠之間。

等到離小翠的距離較近了之後，呂大中才發現跟蹤的對象是女性，心中暗自咒罵自己是不是眼花了，然後準備轉身離開。

不過，呂大中回頭才跨出了一步，便和一位身材高壯的人撞個滿懷。呂大中抬起頭想向那位仁兄說聲抱歉時，雖然巷子裡光線昏暗，但眼光和他一接觸，就嚇得跌坐在地上。

「你是誰？幹嘛裝神弄鬼嚇人！」

呂大中看到的是身穿著深色雨衣的「狼頭人身」怪物，他直覺眼前的人戴著「狼」的頭套在嚇唬他。

沒有回答呂大中的問話，這個「狼頭人身」的怪物竟然一低身，只用一隻手便將呂大中拉向自己身邊。

「你想幹什麼……」呂大中的聲音因恐懼而顫抖，身體懸在半空中不停掙扎，卻一點用處也沒有，此時他的心中閃過一個可怕的念頭：「難道，他是那個可怕的連續殺人犯？」

呂大中的念頭才剛湧起，就聽到張高明熟悉的聲音大喊：「警察，不要動！」

呂大中看到那個怪人被人用槍瞄準著，而瞄準他的人正步步進逼，雖然看不清是誰，但呂大中從聲音就知道是張高明。

「快將你手上的人放下，不然我就開槍了！」

張高明不愧是身經百戰的高手，一面說話，一面欺身往呂大中兩人靠近，眼看只剩不到三步的距離，不料那個怪物竟然猛力一擲，將呂大中用力摔在牆上，而呂大中受到巨大的撞擊後立刻沒了聲音，不知是死是活。

將呂大中丟向圍牆後，那個怪物立刻轉身和張高明面對面站著，吐著長長的舌頭，呼著沉重的氣息。

張高明靠著微弱的光線，終於看到這個「狼頭人身」的怪物——身材高大健壯，眼睛透著綠光，活像個站立的狼。

張高明並沒有被他嚇到，反而大聲喝斥：「立刻趴在地上，否則我要開槍了。」

那個怪物不爲所動，反而雙手舉起並仰頭向天，對著今天躲在雲層裡，透著細微光線的滿月，發出了令人起雞皮疙瘩、像極狼的呼嚎。

張高明覺得他是一個身強體壯的變態殺手。這個時候他也不管什麼是用槍時機，立刻對那個怪物的腿開了一槍，卻一點作用也沒有。

那個怪物發出了低吼，慢慢走向張高明。此時張高明一面退後，又打了怪物的手腳幾槍，結果怪物不僅毫髮無損，而且低吼聲愈來愈急促與激昂。

張高明這時也失去了方寸，把整個彈匣的子彈都擊發出去，胡亂打在那個怪物身上，直到張高明也被他掐住了咽喉，抬了起來。

這怪物似乎不想立刻置張高明於死地，只是用力壓著他的喉嚨和頸部動脈，除了要他體會呼吸困難的痛苦之外，更讓進入他腦中的血液減少，使得他慢慢昏厥。

張高明並不像呂大中一樣胡亂掙扎，浪費力氣，反而想去撈一下褲袋裡，因爲平常如果有多餘的子彈，他都會擺在裡面。不過，今天卻撈出了不一樣的東西。

張高明手裡握著李神父給的那串五年前救了他的十字架。

怪物放下他，立刻退後。他甚至不敢看著十字架，喉嚨裡發著低吼，似乎不敢相信張高明爲何會有這個聖物，只能一步步後退，深怕十字架再度傷害他。

驚魂甫定，呼吸與意識逐漸恢復的張高明，這時候終於明白，爲什麼李神父能夠脫離眼前這個怪物的魔掌，他相信只要逮到這個怪物，二十年來懸而未破的連續殺人案就會有答案了。

只不過在這個時候，小翠的尖叫聲劃破了寂靜的夜空。原來一直貼在牆邊不敢亂動的小翠，看清這怪物的長相時，情緒崩潰，驚聲尖叫。

尖叫聲提醒了那個怪物，他知道小翠是可以利用的籌碼，於是立刻側身，隻手把小翠環抱在胸前並摀住她的口鼻，使得她動彈不得。

「快點放開她！」

張高明幾近瘋狂般的怒吼，聲音在暗黑的小巷裡迴盪。他開始手持著十字架逼近那個怪物，但只要一靠近，就可以感覺到小翠被勒得更緊，掙扎得更用力，所以他只得暫時停下腳步和怪物對峙著。

由於張高明連續擊發了整個彈匣的子彈，所以他和怪物對峙不久，小巷入口已經有很多人探頭探腦想一看究竟，但畢竟裡面混沌不明，沒有人敢走進去。

不過顯然有人向警方報案，此起彼落的警笛聲已經向這裡靠近，看來是有許多機動警網的警力支援到這裡來了。

「你逃不了了！」張高明鎮定地向那個怪物說。

張高明的話似乎刺激到那個怪物，只見到他舉起小翠，發出狂嘯般的一吼：「呀嗚……」

他的聲音像極了原野上孤獨的狼，呼喊出心底的滄桑與孤寂，那種沒有人能了解的落寞。

張高明聽到他的叫聲，渾身起了雞皮疙瘩，不相信怪力亂神的他此時也開始莫名其妙地顫抖起來。

怪物喊完，冷不防將小翠甩向圍牆，接著縱身一躍，消失在牆的另一端。

張高明看著那個怪物輕鬆躍過圍牆，接著趕到牆邊，扶起渾身是血的小翠，他探了小翠的鼻息，發現她的呼吸非常微弱，他立刻拿起腰間的手機，幾乎是一面流淚一面打給陳木春：「阿春，幫我聯絡ＸＸ醫院的陳院長，說我求他緊急調人，有個凶殺案的證人全身多處創傷，需要立即診治，我很快會送她到醫院去。」

第五章　自食惡果

1

張高明手裡握著李神父給的十字架，上頭還沾著小翠的血，在XX醫院手術室外守候，心裡頭一直反覆祈禱：

「全能的天父，我是張高明，這是我這輩子第一次向你祈求，向你禱告。希望你能像解救其他千千萬萬的人一樣，用你的大能，讓小翠和其他今天受傷的人度過難關。如果他們，尤其是小翠能度過這個難關，我發誓這輩子會成為你最忠心、最謙卑的僕人。」

他很自責為什麼要出那個鬼點子，讓小翠獨自一人在暗夜裡走動，結果竟然惹來殺機。但是讓張高明更難過的，是在他將小翠送到醫院約一個小時以後，方聲同也被送來同一家醫院的急診室，而且經過急救處置後，同樣被送到開刀房做緊急手術，送方聲同到開刀房的，是今天晚上和他一起出勤的隊員小莫。

小莫自己的身上也傷痕累累，衣服、褲子殘破不堪，只有右腳穿了鞋。他右額頭有個撕裂傷，鮮血沿著右眼角往脖子流下來，不過，張高明看到他時，血已經乾了。

躺在病床上的方聲同比小莫還慘，整個頭頂被厚重的紗布纏繞，血還汨汨滲透出來；他的頸部被保護的頸圈箍住，以避免頸椎受到二次傷害；而他的下巴似乎已經變形，嘴角都是血漬，嘴巴中間只露出氣管插管，讓護士擠著氣囊，已經分辨不出原來的臉型。

此時跟在方聲同後面，還有位病患全身被插滿管子，由一群醫護人員搶著推進手術室，讓人看了觸目驚心的是，病床是一路滴著血前進的。

小莫本想向張高明報告，但張高明看到他一身狼狽，而且頭上還有傷口要處理，只得要求他先接受治療再說。

看到手下兩員大將出事，張高明心裡感到很震驚。方聲同是出了名的「老狐狸」，很會見風轉舵、見機行事，每次出勤務總是花最少的人力、物力，在精簡的原則下完成任務，所以張高明雖然不喜歡他「老油條」的個性，但還是很佩服他的效率。

由於方聲同這樣的個性，張高明才喜歡將小莫和他分在同一組，因為小莫的行事風格如同其綽號「瘋狗」一樣，頗有布魯斯威利在電影裡扮演的警探味道，追捕嫌犯都會搞得轟轟烈烈——鬧區飛車追逐、街頭鬥毆、破壞商家店面，雖然能夠達成任務，卻常讓警方付出不少賠償的代價。

因此，張高明看到性命垂危的是方聲同而不是小莫，心頭的震驚是在所難免的。

待小莫傷口被縫合包紮完畢後，他才在開刀房外向張高明報告事情發生的經過，結果更令張高明吃驚——小莫和方聲同兩人是被身材魁梧的壯漢襲擊，受傷的地點距離張高明和怪物對峙的暗巷不到一公里，而剛剛看到的另一個傷者是許天佑。

整件事可以追溯到方聲同看了影帶的隔天，想起了那個載送古韻萍的司機身影很像許天佑，他旋即聯絡許天佑，卻發現他的手機已暫停使用，轉而聯繫許天佑所任教的學校，同樣發現許天佑已經離職，不知去向。

於是警方發布通緝，把許天佑列為朱一波和古韻萍命案的重要嫌疑犯。

今天晚上他們接獲密報，指稱許天佑可能在該地出沒，方聲同是警局裡唯一偵訊過許天佑的員警，於是便帶著小莫想去緝拿他。

「我們到他藏匿的房間外面，就聽到許天佑和另外一人大聲對話……」

小莫憶起當時的情形，臉上的表情有些落寞，顯然他對自己的表現不是很滿意。接著又說：「我們在門外等待機會，卻聽到許天佑近似歇斯底里大喊：『趙大龍，我和馮康與你無怨無仇，那次在虎山爲什麼你要對他痛下殺手，連我也不放過。』結果趙大龍聽了大吼：『只要是和楊醫師有關的人，我都要他死得非常難看。』」

張高明聽到這裡，忽然問道：「趙大龍？那個楊醫師的病人？」

「是的，隊長。」小莫點點頭，接著又說：「都怪我們太大意，一來想再聽許天佑會爆什麼料，二來我們也忽略趙大龍這號人物，結果過了幾分鐘之後，許天佑激動的說話聲音忽然變成類似作嘔的怪聲……」

「怎麼會這樣？」張高明忍不住先問道。

「我們也覺得很奇怪，本想再靜觀其變，但是房間裡的趙大龍大吼咆哮，再把『和楊醫師有關的所有人，我都要把他們全部消滅掉』又說了一遍。聽到這樣，我和方聲同直覺裡面出事，立刻破門而入，卻發現許天佑倒在血泊中，咽喉似乎受到利器攻擊，硬生生被撕裂開來……」

小莫說到這裡，眼睛彷彿還透露著些許恐懼，想到那個場景似乎餘悸猶存。

「什麼？咽喉受到利器攻擊而撕裂開？」

張高明聽到了小莫的描述覺得不可思議，這樣的場景好像似曾相識，他心裡很納悶，難道是那個怪物？他接著又問：「你們有看到是誰幹的嗎？」

「我們並沒有看到是誰幹的，進了門就只看到許天佑躺在客廳，除了他，沒有看到其他人在場。我們各自把佩槍拔出來，保持高度警戒。一開始方聲同指揮我去看許天佑，我探了他的鼻息，發現他氣若游絲，因此立刻打了手機請求支援，並要求救護車到場。而方聲同自己一個人拿著槍，逐一搜查每個房間，我應該跟著去的……」

小莫說到這裡，語氣變得有點哽咽，不過他強忍著情緒接著說：「結果沒有多久，在靠近後面的房間有打鬥聲，我聽到以後立刻趕去支援。當我站在門後，竟然看到方聲同像破布偶一樣從房間被丟出來……就像你剛剛看到的一樣。我往房裡一看，雖然裡頭光線昏暗，隱約可以看見一個巨大的身影在裡面喘息著。我向他表明身分，卻聽到一陣長長的吼叫聲……」

「吼叫聲？」張高明聽到之後，不由得冷汗直冒，想到這場景他今晚才見過。

「他發出長長的呼嘯聲，今天是滿月，聽起來會讓人雞皮疙瘩都起來了……」小莫吞著口水，看起來仍有些情緒起伏。

「有那麼恐怖嗎？」張高明問道。

「組長，不是我愛說靈異，那個人就發出了類似狼的呼嘯聲，呀嗚……」小莫學了他的叫聲，低聲呼嘯了幾秒鐘。接著又說：「要不是看到他是『人』的樣子，光聽聲音會以爲是狼。」

「你有看到他的樣子嗎？」

張高明又問了小莫，心裡有些期待，看看他是否有什麼驚人的答案，沒想到他卻說：「我沒有看到他眞正的樣子。不過依照口卡上的描述，應該是趙大龍沒有錯，大致符合趙大龍的身材——身高一百九十五公分，體重一百零五公斤，曾經是建國中學橄欖球隊的牛頭，而且許天佑被殺前還大聲喊著他的名字。」

「所以，你可以確定他是趙大龍了？」張高明又問道。

「我是不能確定，但是他可能受傷了……」小莫摸了摸腰間的佩槍，繼續說道：「我跟他對峙了幾分鐘，一直叫他出來，我對空開了一槍，可是他不願就範，依然在房間裡來回踱步，不時發出低鳴。由於他極度危險，我只好對他開了幾槍……」

「你有打中嗎？」

張高明心中無明的恐懼慢慢升起，因爲他知道，小莫可是隊上的神槍手，幾乎是彈無虛發，那個叫趙大龍的人挨了幾槍難道沒有事嗎？

「他的手、腳有沒有中彈，我比較沒有把握，但是他的腹部、大腿至少應該中了兩、三槍吧？只不過說也奇怪，他還眞能忍，中彈之後可以活動，而且聽到支援警網的警笛聲後，竟然勇敢地撞破落地窗，從二樓陽臺往下跳……」

「什麼？」張高明聽了小莫的描述，幾乎可以確定他們兩人遇見的是同一個怪物，只是他想不通那個怪物爲什麼不對小莫痛下殺手，難道是？

他又開口問道：「你身上有十字架嗎？」

「有啊，隊長。我是很虔誠的天主教徒。隊長，你問這個幹什麼？」小莫拉出吊在脖子上那串十字架，想不透爲什麼他要問這樣奇怪的問題？他前陣子不是才看過嗎？

張高明敲了自己的頭，想起那天小莫在安德魯神父來時，不是向他解釋什麼是梵諦岡的盾徽，還秀出他胸前的十字架。

「這個問題我有空再跟你詳細討論。對了，那你又爲什麼受傷呢？」張高明此時岔開了話題，又問著小莫。

「說起來慚愧，我看到趙大龍從陽臺往下跳，本來也想跟著跳，但是我怕受傷，只好拉著水管往下滑，運氣不好勾到第四臺的電線，摔成這副模樣。」

兩個人就這樣在手術室外頭談論著。張高明本想把自己看到的狀況向小莫解釋，告訴他也看到了一個怪物，但始終無法啓齒，因爲他自己也有些難以接受。

一段時間後，小莫為了今天晚上的凶殺案，還要為現場搜證以及後續案情追查而工作，只得先行告辭，留下張高明在手術室外等待。

過了沒多久，呂大中、方聲同、小翠和許天佑四個人的家屬都陸陸續續趕到，XX醫院手術室外的等候區頓時變得很熱鬧，所有人只能詢問張高明，讓他疲於應付。

還好，張高明見多了這種陣仗，沒花多少時間就搞定這些家屬，他們雖然焦急，卻很聽話地在手術室外等待。

黑壓壓的天空即將泛白時，XX醫院的陳院長和另外一位醫師相偕從手術室走了出來，守候多時的張高明和其他人的家屬立刻蜂擁而上，大家的心情是既期待又怕受傷害。

「各位，這位是我們醫院的神經外科林主任……」

陳院長向眾人介紹了另一位醫師，接著又說：「今天晚上，為了裡面的四個人，幾乎把我們所有創傷外科有關的主治醫師都找來了……」

陳院長和林主任兩人分別就自己專業的部分輪流向家屬們解釋了病況：許天佑到院前失血過多，早就有休克現象，雖然極力搶救，但生存機會渺茫；方聲同和呂大中兩人受傷情況類似，都有顱內出血及多處骨折，雖然經過手術，仍然十分不穩定，尚未脫離險境；比較幸運的是小翠，只有脾臟破裂及左大腿開放性骨折，手術後生命徵象相對穩定，是第一個可以順利出開刀房的患者。

陳院長和林主任解釋完之後，又進入開刀房繼續他們未完成的工作，只留下焦急的張高明和其他家屬在現場，可想而知，除了小翠的家屬以外，所有的人心裡都相當難受。

張高明此時的信心似乎有些崩潰，他走出了手術室的等待區，一直走到靠近逃生梯旁的牆角，忽然跪了下來，他激動地熱淚盈眶，用力握著十字架在內心祈禱著：

「主啊！我誠心向你禱告。你能告訴我，這二十年來，我日夜追緝的殺人魔是那個像『狼人』的人嗎？如果是，用你的大能透過我——你卑微的僕人，盡快將他繩之以法，不要再有人受害了！」

2

小翠被攻擊後的第三天晚上，臺北市長春路的聖母堂裡，正開始一場「史無前例」的祈福儀式，而且只有李神父、安德魯神父、賈斯汀神父和張高明四人參加。

在祭壇上，除了一般禮儀擺放的物品，上面陳列了幾十顆子彈，在昏黃的燈光下，子彈被映照得閃閃發光。

今天的主祭是安德魯神父。他穿上了象徵是爲主犧牲的紅色祭衣——這套服裝是神父用於主持苦難及聖枝主日、聖神降臨節以及殉道者節日所穿的服裝，還有一個鮮爲人知的場合更要穿，那就是在主持驅魔以及爲驅魔者祈福的儀式。

張高明非常恭敬地站在李神父身邊，他現在已經受洗，變成非常虔誠的天主教徒。他怎麼樣也沒有想到，從周心怡被殺的那一天開始，不到兩個月的時間，自己的生命會歷經這樣大的轉折；尤其，他怎麼樣也沒有想到，那個讓他懸念二十年、被報章雜誌暱稱爲「狼人」的連續殺人犯，竟然眞的是個會變身爲「狼」的怪物。

「是主的大能引領我到這裡的，阿們。」這是張高明今天晚上走進教堂前，心裡頭反覆默念的一句話。

小翠受到攻擊的隔天，整個臺北市沸騰了起來，因爲報紙的頭條新聞都是「狼人」再度犯案的消息，而且這次造成「一死三重傷」的慘劇，連刑警隊長張高明也對首都民眾提出嚴重警告。

「重要關係人趙大龍是位重度精神病患者，精神狀況十分不穩定。除此之外，他身材高大，有很強的攻擊性，喜好夜間出沒，所以晚上沒有必要請不要外出，更不要單獨在夜間走進暗黑的小巷。」張高明在接受訪問時，開宗明義講了這一段話。

正當張高明感覺到徬徨與迷惘時，李神父及安德魯神父兩人在隔天透過層層關係，說明一定要見他一面，也因爲這次見面，促成了今天晚上的祈福儀式。

「孩子，你還好吧？」這是李神父兩人在張高明的辦公室，和他見面時說的第一句話。張高明聽起來格外感覺到溫暖。

「兩位神父，我應該怎麼辦？」張高明見到兩位神父的第一句話，讓他們剛聽到時臉色有點詫異，不過李神父立刻回了神，笑容在他飽經風霜的臉龐綻放開來。

「你也看到了那個怪物？」李神父問道。

張高明沒有點頭，只以尷尬的微笑取代回答。

「孩子，你看到的那個怪物，從有歷史以來，就和我共存在這個世界上……」李神父微笑地說道。

「是嗎？」

「這些話我不是隨便說說的。在我向梵諦岡教廷所請調的密件裡，其中記載了很多狼人存在的事實……」

李神父並非故弄玄虛，他看著安德魯神父，然後從隨身的手提袋裡，拿出了一份文件，遞給了張高明，接著又說：

「這是我向梵諦岡機密檔案館申請，由安德魯神父帶來的拉丁文祕密文獻，我再將它翻譯成中文的筆記。其中我省略了很多歷史的源流考證，只有把某些重要的歷史事件抄寫下來，讓你更了解狼人的種種。例如一二一六年十月十九日，英格蘭國王約翰．雷克蘭被一名僧侶下毒，最後不治死亡，據信這毒藥中包含了狼頭草，亦即中毒者將會化身成狼人。不久之後，人們聽見他的墓穴中傳來了各種各樣的嚎叫聲，恐懼的居民們將國王屍體拖出任其腐爛。但是不久之後，就有人聲稱看見化爲狼人的國王在森林之中遊走……」

李神父這時的目光變得炯炯有神，看起來像是瞪著臉色驚訝的張高明。接著他又說：「或許你不會相信剛剛的記載，認爲這只是英國中世紀的神話故事，梵諦岡教廷是道聽塗說，隨便記下來而已。但是在十五世紀的匈牙利國王，也是後來神聖羅馬帝國日耳曼王朝的首領西吉斯蒙德，在一四一四年的大公會議上，促使教會正式承認了狼人的存在。到了十六世紀，梵諦岡教廷決定展開一次官方調查，從一五二〇年到十七世紀中葉，從法國以及東歐的塞爾維亞、波希米亞和匈牙利，都可以查到狼人出沒的紀錄，只是沒有人能眞正抓到狼人送給梵諦岡教廷。也由於這樣的調查，讓很多關於狼人的故事產生，模糊了原來的焦點，把狼人變成迷信的神鬼學。」

「對啊，因爲歷史上有關狼人的事大都止於傳說，沒有人眞正看過狼人。」張高明雖然看到過那個怪物，其實心中的信念依然搖擺不定，所以有此一問。

「錯！歷史上對於狼人有很鮮明的記載，那就是在十八世紀的法國。」李神父立刻反駁了張高明。

「啊？」

「法國於路易十五世在位時期，在中央高地地區，一個叫做『吉瓦登』的地方，屢次傳出狼人殺人事件，從一七六四年七月一日傳出第一位受害者起，在三年內，被殺死的受害者高達百人以上。所以路易十五世以六千鎊，相當於現在五十萬鎊的懸賞，並且派出五十六位精兵，以及前後總數共兩萬名男丁至當地追捕。當地的狼群幾乎滅絕。最後是由約翰．加斯丹這位獵人，於一七六七年六月十九日，以受過神父賜福的銀子彈，在聖達維殺了這頭野獸。這也是第一件有歷史文獻記載，以銀彈獵殺狼人的事件。約翰．加斯丹於兩個月後，帶著這頭野獸覲見路易十五世，最後這匹野獸被埋葬在凡爾賽宮後院。」

李神父的說明安定了張高明浮動的心，更讓他堅信眞的見到了狼人。但是，爲今之計，他認爲不應該說自己見到了狼人，而是盡快逮捕趙大龍，才能揭開二十年來的謎團，以免造成無謂的恐慌。

「你應該用銀子彈對付他！」

李神父誠心的提議，促成了今天晚上在天主堂的祈福儀式，而且在這之前，由李神父爲張高明主持受洗，他正式成爲一位天主教徒。

至於那些銀子彈，是張高明私下委託一位金盆洗手的槍枝改造達人，將他從警局提領出的子彈，不眠不休地改造而來的。張高明曾經幫這位達人平反了幾件栽贓的槍械案，讓他少了多年的牢獄之災，並間接促成他退出江湖。

「主耶穌基督，天主父的聖言，一切受造物的天主，你曾給予你宗徒們權力，因你的名征服邪魔，並壓制仇敵的一切權勢；神聖的天主，在你的一切奇事中，你曾命令我們：驅逐邪魔。強有力的天主，因你的德能，撒旦如閃電般自天跌落；我以恐懼和顫抖的心，懇求你的聖名，使我在你大能的保護下，滿懷信心去攻擊那困擾你這位受造者的邪魔。你是那要以火來審判生者及死者和世代者。阿們！」

此時，祭壇上的安德魯神父收斂心神，誦念了上面的經文，張高明和其他兩位神父也跟著複誦阿們。接著安德魯神父拿出聖水，又說道：

「上主、全能的天主，你是肉身和靈魂生命的泉源和原始，求你祝福這水，我們懷著信心利用此水，以獲得你恩寵的保護，獲取我們罪過的赦免，抵抗一切疾病和敵人的陷阱。上主，我們求你，廣施仁慈，使你的活水常賦予我們救恩，使我們能以純潔的心接近你，而脫免身心的一切危險。我們祈求你，凡以這水所灑到的子彈，能對抗那些邪魔與異教徒（註5），願你聖神的靈在場保護我們，以上所求是靠我們的主基督。」

「阿們。」張高明等三人在安德魯神父說完後，接著回答。

「天主，你看到我們因軟弱而信心不足，我們為這位弟兄，刑警隊長張高明懇求你，能利用你的大能，藉由他的手驅逐邪魔，使他恢復你子女的完整自由，好能與你的聖者和被選者永遠讚美你。以上所求是靠我們的主基督。」

安德魯神父又說了這段祈禱文，說完之後每個人都複誦了阿們，在胸前畫了十字，整個儀式才算完成。

最後張高明收起了子彈，分別和神父們相擁之後，順便拿了一袋神父贈送的禮物——祈福過的十字架。

他告別了安德魯神父三人，離開聖母堂，準備回到市警局，因為再過不久有個擴大的專案會議要開。

張高明準備在會議上發給每個人祈福的銀子彈和十字架，他也想到了要爲專案人員打氣的說詞：

「根據線報及被害人口供顯示，嫌犯趙大龍極度危險，千萬不要落單和他對抗，一切要以安全爲上。不過，趙大龍也有罩門，他可能是非常虔誠的天主教徒，如果正面遭遇，一定要亮出十字架給他看到，多少可以保護自己的安全。」

「『瘋狗』小莫一定會附和他！」張高明自忖道。

3

小翠遇襲的一個星期後，趙大龍又出手了，只不過他的出手讓張高明感到扼腕。因爲小莫聽到趙大龍咆哮的一句話：「只要是和楊醫師有關的人，我都要他死得非常難看。」讓警方派出了不少人力，部署在楊醫師旁邊以及醫院附近，藉以保護和他相關的病患，卻獨漏了給楊醫師太太的貼身保護，以至於發生了讓人難過的慘劇。

這會兒，張高明急忙驅車趕往楊醫師的診所，除了要當面向楊醫師說明他的太太已遭受趙大龍的毒手外，更要加派人手保護他的安全。

在駕駛座旁的位置上，有一張沾滿血跡的卡片，是張高明檢視楊太太被殺害的現場時所看到的。他看到這張卡片時，心頭泛起了一陣酸楚，那張染著鮮血的卡片裡，夾著一封短箋和一張黑白照片，上頭有楊太太娟秀的字跡寫道：

「親愛的老公，祝你五十大壽快樂。我除了放肆地動用你的錢，向我堂哥的公司訂了輛寶馬給你之外，我更替你買了萬寶龍名筆及亞曼尼西裝。不過，我更要送你一份大禮，那就是我們有了愛的結晶了！雖然超音波照片裡他還沒有成型，但我已經開始幻想他的樣子了。

祝你五十大壽快樂，接受我的大禮吧！

你的小心肝琪琪 敬上」

他認爲自己和楊醫師的交情不錯，不希望這麼重要的消息只是在電話裡三言兩語帶過，於是他決定當那位向楊醫師報告噩耗的警方人員。

楊太太是在自宅裡遇害的，和她一起遭受趙大龍毒手的，還有一位年輕的男性。

根據最先抵達現場的辦案員警清查他身上的證件來看，他是天母寶馬汽車的營業員，張高明從卡片裡楊太太的陳述推測，他應該是楊太太的堂哥。今天似乎是爲了替堂妹運送給老公五十大壽的其他禮物，兩人才一起回到楊醫師家裡。

要不是楊醫師住家大廈的管理員機警，懷疑低頭進出電梯的人是趙大龍，趕忙向警局報案，那楊太太和他堂哥的屍體，可能要等到楊醫師下班才會發現。

張高明勘察現場兩位死者的狀況和許天佑的情形類似，都是頭頸部遭利器劃開，失血過多而死。而且從現場家具以及所有禮物盒都沒有被破壞、移動來看，趙大龍應該是預先就潛伏在屋內，等到兩人一進客廳就痛下殺手。

爲了能好好向楊醫師解釋，張高明打算先去楊醫師的診所，用委婉的說法先平撫楊醫師的情緒，而這時在楊醫師家裡的刑事蒐證也差不多了，再帶他到楊太太遺體即將存放的「相驗解剖中心」認屍，而不是直接帶他回家裡看那些血淋淋的場面，以免造成他情緒崩潰。

聯絡了暗中保護楊醫師的員警，張高明也電話通知了楊醫師要去診所裡找他，張高明特別要求兩位柔道黑帶高手的員警一起開車前往。

到了診所所在的大樓，張高明留下兩位員警在診所樓層附近的電梯和逃生梯旁警戒，隻身進了診所去見楊醫師。

「隊長，什麼事大駕光臨？」楊醫師親自迎接，笑容滿面的他讓張高明看起來有些不自在，因爲他正想著待會兒要如何向楊醫師說，他的妻子慘遭趙大龍殺害，而且是一屍兩命。

「隊長，怎麼臉色有些難看？失眠又再困擾著你嗎？」細心的楊醫師發現了張高明臉上的變化，熱心地問著。

「最近是有一點，你知道的，趙大龍的案件讓我們壓力很大。他沒有來騷擾你吧？」張高明巧妙地岔開話題。

「沒有啊！而且我感到很安全，隨時都看到一些便衣警察如影隨形呢？哈哈……」楊醫師有點口齒不清，所以他的笑聲聽起來讓人覺得很滑稽，但此時的張高明滿腦子都是如何向他提那件事。

由於走道燈光昏暗，而且空調似乎沒有啓動，讓室內散發著地毯的霉味，不像張高明當初來這裡時，空氣中瀰漫著令人愉悅的精油香氣。

「診所還沒有上班呀？」張高明隨口問道。

「對啊！這裡都是下午才開張，現在只有我一個人，隨便看點資料。」楊醫師一面解釋，一面領著張高明走向自己的辦公室。

張高明聽到只有他一個人在這裡，心中不知道爲什麼反而鬆了一口氣，也許是認爲等一下楊醫師聽到他太太身亡的消息如果嚎啕大哭，至少可以痛快哭一場，不用在乎旁人的眼光。

張高明走進楊醫師的房間，又聞到了那熟悉的精油香味。

楊醫師的辦公室很寬敞，裡頭布置得十分雅致，有古色古香的書桌、沙發和書架。書架旁有質感看起來相當不錯的音響，正播放著一首歌曲，男高音唱起來高亢激昂，張高明似乎聽過，但說不出是哪首曲子。

看到張高明似乎有在注意這首歌曲，楊醫師很高興地向他說道：「帕華洛帝唱的《杜蘭朵公主》很棒吧？尤其這首〈無人能睡〉，我覺得是前無古人，後無來者。」

「是……是……」張高明尷尬地回答道。

楊醫師講到這裡似乎很高興，也不管張高明是否願意，跟著音響裡帕華洛帝的歌聲唱和道：

「Il nome suo nessun sapra（無人得知他的名字）
E noi dovrem, ahime, morir（我們將難逃一死）
Dilegua, o notte!（消失吧！黑夜！）
All'alba vincero!（天明時，我終將征服一切）」

激動的楊醫師唱完時，雙臂開展，頭仰望天花板，模樣看起來就像電影「刺激1995」的海報——飾演男主角安迪的提姆．波頓，在雷雨交加之夜，利用大石打破汙水下水道管線，並且在惡臭的管線中爬行了五百碼迎向自由，逃獄成功。那時，壓抑許久的安迪脫掉了上衣，沐浴於滂沱大雨中，仰天長嘯。

身材不高大的楊醫師此時看起來像個小巨人，不過張高明也深刻感覺到楊醫師平常工作壓力太大，似乎靠這樣的歌曲來抒發他的情緒。

或許是唱得太忘情，楊醫師在歌曲唱完之後，還維持同樣的姿勢一段時間，是張高明的咳嗽聲讓他回到了現實。

「帕華洛帝的歌聲很棒吧？」楊醫師心情仍然很激動，興奮地問著張高明。

「是……對……」張高明吞吞吐吐地回答，深怕等一下把他太太的消息說出來，會造成他崩潰。

「隊長，不要爲了趙大龍的事煩心，你會像我剛剛唱的歌一樣，天明時，你將征服一切。」楊醫師掄起拳頭用力握緊，順勢敲了自己胸口，顯然是想替張高明打氣。

「其實，楊醫師……今天我來這裡，是有很重要的事告訴你……」張高明終於鼓足勇氣，從口袋裡拿出那封染著血的卡片遞給楊醫師，接著又說：「楊醫師，不管你相不相信，趙大龍是天主教史上有紀錄的怪物——『狼人』，是極端危險的人物……」

「哈哈！隊長，你是科幻電影看太多了吧，我可以告訴你，趙大龍不是狼人，是貨眞價實的人，哈哈……」

沒想到楊醫師的笑聲未歇，趙大龍忽然從他辦公室裡的盥洗室竄出來，而且大聲喊道：「我是『狼人』，貨眞價實的『狼人』，呀嗚……」趙大龍發出震耳欲聾的長嘯，讓張高明泛起了一陣陣的雞皮疙瘩。他本能從衣服內掏出十字架，另一手從腰間拔出銀子彈上膛的手槍。

「趙大龍，你還不乖乖束手就擒！」張高明用槍指著趙大龍，大聲吼叫以壯自己的聲勢，同時用餘光打量楊醫師，並且提醒他：「楊醫師，你要小心，趕快躲到我的身後來……」

張高明說這句話時卻驚訝發現，楊醫師根本不把目前的危險放在眼裡，而且氣定神閒，正準備把那封染血的卡片打開來看。

張高明很想再次提醒他，卻已經無法分神，因爲趙大龍此時步步進逼，同時右手上多了把超大的藍波刀。

像那天晚上受到怪物攻擊的時候一樣，張高明把十字架護在胸前，不過，趙大龍根本沒有任何反應。張高明慢慢退後，一面大聲吼叫：「趙大龍，你不要再靠近，再向前走一步我就開槍了……」

對張高明的警告，趙大龍根本沒有理會，逼得張高明只好一槍打在他的右肩，希望能讓他放下手中的藍波刀，結果一樣沒效果。

被打了一槍的趙大龍，此時凶性大發，抓狂似地揮刀往張高明身上衝去。此時張高明也慌了，想把一整個彈匣的銀子彈打出去，但是打了幾槍之後卻卡住了。

張高明這幾槍幾乎都是打在趙大龍胸、腹部，和前面第一槍相同，都沒有辦法阻礙趙大龍的行動，唯獨最後一槍射偏了，打在趙大龍的右手小指上，讓他右手鮮血直冒，藍波刀一下子就掉在地上。

不過趙大龍還是向前衝，終於衝到張高明的眼前，讓急於處理卡彈的他來不及反應，整個被衝撞到牆邊，登時肋骨斷了幾根，咽喉又被趙大龍死命扣住，轉眼間快要沒呼吸了。

就在這個時候，趙大龍的背後忽然響起了類似狼嚎的聲音，他轉頭一看，是狼頭人身的怪物，正張著血盆大口看著他，長長的舌頭露在外面，還滴著令人嘔心的口水。

但還是可以看出，舌頭上面有個很明顯的十字架烙痕。

這個怪物個頭和趙大龍相當，張開雙臂招手，面目猙獰的表情充滿挑釁的眼光，趙大龍看到他並沒有退縮，反而把張高明甩開，往牆壁擲去，接著大吼一聲，向那個狼頭人身怪物快跑而去。

張高明被拋向牆之後，頭部受到劇烈撞擊，再加上肋骨斷裂的疼痛，他整個人撲倒在地，痛暈了過去。

4

張高明在迷濛中逐漸甦醒，耳邊聽到某種動物的哀鳴聲。他試著想站起來，無奈胸口和後腦勺太痛了，以至於力量施展不開，最後只得慢慢爬到牆角，利用那裡的茶几，用雙手殘存的力量頂著，慢慢坐起來。

張高明覺得右眼受到不明液體的影響，以至於看東西有點朦朧，他用右手腕的背面試著擦掉，另一種撕裂的痛楚又侵襲著他，他才發現那些液體是血水，他的右眼角有個不小的撕裂傷。

等到張高明拭去血水，他發現發出哀鳴聲的是狼頭人身的怪物，他蹲坐在自己眼前不遠處，頭靠在兩腿之間，身體似乎因爲哀鳴而抽動著。張高明嚇得不知如何是好，慌亂中試著移動身軀要離開，結果施力不當，頭又撞在茶几上，不只讓自己頭痛欲裂，也發出了巨大聲響。

「你不要怕，張隊長，我不會殺你的。」

這時候狼頭人身的怪物忽然開口了，張高明覺得聲音很熟悉——那是楊醫師特有的、帶著些許含混的口音，他聽了之後，眼睛睜得很大，不敢相信自己所聽見、所看到的。

那個狼頭人身怪物講完話之後，發出了不是很大聲、卻如同椎心刺骨般的嘶吼，結果在幾十秒內發生了一連串的變化——他身形變小，爪子變成了手腳，而如狼的毛髮神奇地變細、變小，成爲覆蓋皮膚薄薄的體毛，眼前的怪物已「還原」成楊醫師的模樣。

張高明看到這樣的變化，驚嚇得合不攏嘴，久久無法出聲。

「我是你追緝了二十年的殺人犯！」哭紅了雙眼的楊醫師，一字一句慢慢向張高明道出這個祕密，接著又語重心長說出了自己心中的感想：

「自私與嫉妒終究害到了我自己，甚至我的妻兒，還有那些無辜的生命！」說完之後，楊醫師又把頭埋到大腿之間，大聲痛哭了起來。

看到楊醫師如此自責的樣子，張高明心中的恐懼已慢慢褪去，取而代之的是憐憫的情緒。剎那間，他的心中慢慢想通了一些事，只是有些疑惑仍然參透不了。兩人之間沉默了許久，待楊醫師哭泣聲變小時，張高明終於開口問了他：

「為什麼？」

雖然只有短短三個字，卻讓楊醫師立刻止住了哭泣，抬頭看著張高明，娓娓道來他二十年的心路歷程。

「我們狼人一族，背負著先天的宿命，和人類在同一個社會共存。雖然不是喜好和平的部族，但至少也不像人類歷史所記載的那樣暴力凶殘、嗜殺成性，甚至是惡魔的化身。不過，倒是人類一知道我們族人居住的地方，便對我們趕盡殺絕。在十八世紀德國的伊利諾村，我們整個部族被滅村，這件事讓我們在法國吉瓦登最驍勇的戰士，不得不對人類展開史無前例的報復，最後驚動法王路易十五提出高額懸賞，動員了幾萬人追殺他……試問，是誰比較殘忍？」

楊醫師紅腫的雙眼瞪著張高明看，讓他不寒而慄，他下意識緊緊握住胸前的十字架。沒想到楊醫師接著說：「你不用怕，我不會殺你。而且我告訴你，十字架殺不了我，它只有嚇阻作用。不過你胸前的那條不一樣，它應該是教宗祈福過，送給李神父的，所以才能傷得了我……」

楊醫師吐出了舌頭，在它的左側方有一個十字架的烙印，張高明終於明瞭，五年前楊醫師幻化成狼人時，就是自己現在胸前的這個十字架傷了他。

「就是你胸前的這個十字架讓我受傷，因此五年前不得不假裝是中風住院。」

「既然你說自己非殘暴之人，爲何在二十年內，殺掉這麼多人……」張高明鼓足了勇氣問道。

「其實，我殺掉的，比你知道的更多！」楊醫師冷冷地答道。

「眞的嗎？」張高明瞪大了眼睛看著楊醫師。

「二十多年前，我從波蘭的醫學院畢業後，滿懷希望來到臺灣，努力想成爲這裡的醫師。我在第一個工作的醫院認識了我的未婚妻，她也在同一家醫院擔任醫師，我們墜入了愛河，並在一年後訂了婚。沒想到，後來我被挖角到『安心療養院』，可能是分隔兩地，加上我工作忙，那一家醫院的某位泌尿外科主治醫師趁虛而入，橫刀奪愛，導致我和未婚妻解除婚約……」

想到二十年前的往事，楊醫師依然無法釋懷，眼光充滿恨意，看得張高明背脊有點發涼。

「他們的行爲引發了我的獸性，展開了一連串的殺戮。除了在南橫公路上幹掉正在新婚旅行的他們，造成像是車禍意外的假象外，我也隨機殺了一些人。但是要相信我，狼的天性是食物鏈的終結者之一，我殺害的都是那些龍鍾老態、需要額外照顧的老人，我是替人類淘汰不良族群……」

楊醫師說起來有些得意，讓張高明不得不反駁道：「那是你們邪惡的邏輯，人類是相當敬老的……」

「哈哈！那是你孤陋寡聞吧！沒聽過以前愛斯基摩的老人？只因爲不想造成族人的負擔，冬天到了就隻身到雪地送死；沒看過日本電影《楢山節考》所描述的史實？在日本信州深山中的貧窮小村子，由於貧困而沿襲一種拋棄老人的傳統——所有活到七十歲的老人，不管是否身體硬朗，只要到這個年紀就會被家人背到楢山上丟棄，以節省糧食支出。你們人類眞的像我們狼一樣，始終如一嗎？我看也未必！」

張高明一時語塞，不知道如何回答。

「我對於老人家的殺戮，只是種壓力的釋放，除了偶爾爲之外，並沒有把它當成是種樂趣。直到十年前，我遇到了第一任妻子，才讓我重拾信心，暫時停止殺人的行爲……」

張高明聽了楊醫師的解說，終於明白自己歸納有關連續殺人案的重點是對的，也了解中間爲什麼有幾年的空白。

「沒想到，我的第一任妻子是那種水性楊花的女人……不過，也不能怪她和保險業務員亂搞在一起，怪只能怪我太醉心於工作，冷落了她……」

楊醫師的語氣慢慢變得有點落寞，抱著頭埋在兩腿之間，接著感嘆地說道：「我被他們逼得壓力愈來愈大，又重啓了以殺戮釋放壓力的行爲，我把老婆和那位保險業務員殺害，布置成像在motel偷情，因爲一氧化碳意外中毒而身亡的場景，不僅天衣無縫，還讓我賺了一大筆賠償金；不像這次朱一波和古韻萍的事，破綻百出。精神病患眞的變數很多，無法控制……」

楊醫師和張高明兩人的情緒似乎都比較平穩了，氣氛也沒有那麼緊張，張高明於是說出心中最大的疑問：「你前面十五年都那麼順利，爲何這次如此混亂？」

楊醫師又抬頭看了張高明，臉上盡是苦笑，最後終於說道：「這次起因是誤會了我現在的老婆，以爲她又和男人亂搞，所以我的凶性再起。只不過這幾年我在催眠治療很有心得，於是想藉著它訓練我的病人趙大龍，成爲我的替身，結果擦槍走火，反而是馮康和周心怡這兩個平常玩在一起的伴，受到趙大龍的慫恿，讓周心怡心甘情願被馮康殺掉。」

「趙大龍怎麼可能有這種能力？」張高明又問道。

「不要小看趙大龍，他就是太聰明了才會造成精神分裂症。他是接受我催眠治療最多次的患者，我相信他也學會了一些技巧，私底下找馮康和周心怡練習。」楊醫師的說明讓張高明心中的謎團漸漸打開，也了解他為了湮滅證據，製造了更多的殺戮。

但是有兩件事張高明還是想不通，一是為什麼趙大龍不怕子彈，一是小翠為何會牽涉其中，所以也一併問了楊醫師。

「哈哈！趙大龍怎麼會不怕子彈？是我替他準備了上好的防彈背心，所以你們才傷不了他。因為我知道，身為我的分身，遲早會和警方交手的。至於小翠，哈哈……」

楊醫師講到這裡，語氣忽然變得很溫柔，接著又說道：「我替你做催眠治療時，除了幫你戒菸，也順便問了你最心愛的女人是誰？你告訴我說是小翠。因為我們兩人的思路與個性都很像，我好奇心起才會去跟蹤她，也是因為這個原因，那晚在暗巷才會手下留情，不然她早一命嗚呼了！」

張高明此時已經串起所有事情的前因後果，聽得他膽戰心驚，很慶幸楊醫師在幫他催眠治療時，沒有下一些亂七八糟的指令。

「要珍惜你的所愛，不要像我一樣，嫉妒心起，不只毀了所愛，也毀了自己的孩子！」楊醫師講這句話時，右手已經多了張高明的佩槍，他把玩了一下，然後用它指著自己的太陽穴，還問了張高明說：「裡面是祈福過的銀子彈吧？」

張高明想阻止楊醫師，但是他連爬起來的力量都沒有，只能眼睜睜看著楊醫師扣下扳機。

不過扳機是卡住的，這讓張高明鬆了一口氣。

但是楊醫師不放棄，把槍拿起來在地上敲敲打打，忽然「砰」一聲，子彈射進了楊醫師的胸口。

鮮血從楊醫師的胸口冒了出來，他滿意地看了自己血流如注的傷口，微笑地躺了下來，就倒在那張沾滿血跡的卡片旁邊。

5

楊醫師死後半年，臺北市長春路的聖母堂，舉辦了一場盛大的婚禮。

此時的臺北市已經恢復原來的樣子，路上人來人往、車水馬龍，不復連續殺人案再度爆發時人心惶惶的氛圍。

報章雜誌及各種傳媒對於那個如惡夢般，影響臺北市二十年的連續殺人案相關報導已經退燒了，連訪問偵破此案、被破格擢升爲臺北市警察局副局長的張高明也興趣缺缺了。

今天是他和小翠的大喜之日，現場不僅冠蓋雲集，很多警政高層都來參加，終於又吸引了很多電視臺的SNG車來做現場連線。

半年前在楊醫師診所內的那場混戰，張高明因爲肋骨骨折造成的血胸，與全身多處撕裂傷入院接受治療。這期間張高明多次探望了在加護病房中的小翠，看到她虛弱無力躺在床上，愛憐之心油然而起的張高明，竟然情不自禁握著小翠的手說：

「小翠，趕快好起來。妳好起來，我才能照顧妳的下半輩子，好不好？」

沒想到小翠竟然沒有考慮，當場就點頭答應了。

等到小翠恢復得差不多，張高明便迫不及待籌辦了這場傳統的天主教婚禮，當然，小翠也受洗成爲天主教徒。

今天的婚禮由李神父主持，這也是他宣布退休前，最後一次主持的婚禮。

看著小翠一拐一拐地被她的父親帶到祭壇前，張高明微笑著，但眼眶裡泛著淚光——他想起了這五年來的種種，從王建國的猝死，到他一步步帶著小翠走出陰霾，心裡充滿了複雜的情緒。

尤其當他想到楊醫師幻化的狼人，把小翠打成重傷的那一幕，心頭還是很驚恐。還好是楊醫師手下留情，才讓他有機會鼓起勇氣向病榻上的小翠求婚。

張高明想起了楊醫師——心裡非常可憐他，可憐他因爲嫉妒與猜疑，竟然毀了愛他的妻子和她肚子裡的小孩。雖然楊醫師很可憐，但張高明還是認爲他咎由自取。

不過，張高明並不是因爲可憐而沒有揭發他是狼人的眞相。

張高明經過深思熟慮，把所有殺人案件推給趙大龍，除了向媒體解釋，是趙大龍親口承認自己是這二十年的連續殺人犯，也把楊醫師塑造成爲協助緝捕趙大龍，在趙大龍和張高明兩人爭奪槍枝時，不幸被流彈殺害的勇者。

張高明相信，這樣的說明，社會付出的成本會最少。

婚禮在詩歌、讀經與眾人的祝福下進行，在神父宣布兩人交換戒指時，張高明掀開了小翠的頭紗，親吻了小翠，完成了圓滿的婚禮。

最後小翠依照傳統，走到了教堂門口，背對在階梯上等待的女性教友，將手上的捧花往後投擲，現場此時鎂光燈不斷，電臺的記者也做起了Live連線，氣氛達到了最高潮。

婚禮完成後，教堂外的張高明卻被陳木春請到了一對老夫婦旁。當張高明看到他們兩人時，內心的驚恐油然而生。

那對老夫婦是楊醫師的父母，雖然年紀很大，但是看起來很硬朗。楊醫師的父親是早年前往波蘭經商的臺灣人，母親是道地的波蘭人。張高明感到驚恐的是，楊醫師的母親除了頭髮花白外，臉型和身材和楊醫師很神似。

楊醫師的父親親切地和張高明握手致意，祝福他結婚快樂，並介紹了自己的妻子，楊醫師的母親主動用臉頰輕輕靠著張高明的臉頰致意。

但是此時，張高明的臉色忽然一陣青一陣白，他聽到楊醫師的母親用生硬的中文在他的耳邊說道：

「謝謝你沒有揭發我兒子的身分，我們的族人都很感謝你。」

註釋

1 為因應各式各樣棘手的連續謀殺案、連續性侵案以及連續綁架案，美國聯邦調查局在一九七二年於維吉尼亞州成立的坎迪克學院下，成立了「行為科學小組（Behavioral Sciences Unit）」，專門從事這類犯罪的偵查與研究。

2 病人傅油是天主教教會的聖事，舊稱為「臨終聖事」或「終傅聖事」，目前病人傅油聖事由司鐸主持。傅油聖事在天主教的教義可以赦免人的罪過，是天主層層守護的重要把關工作，目的是醫治肉體的疾病以及臨終時赦免罪過。

3 信理部（The Congregation for the Doctrine of the Faith）是梵諦岡的羅馬教廷國務院下的九個聖部（Sacred Congregation）之一。其前身是著名的羅馬及普世宗教裁判所首席聖部（the Supreme Sacred Congregation of the Roman and Universal Inquisition），幾乎可稱之為天主教法庭。它是羅馬教廷九個聖部中歷史最悠久、最重要的部門，目前負責檢視天主教的學說。在一五四二年教宗保羅三世（Pope Paul III）成立這個部門時，它的目的是為了「維持並保護天主教信仰的完整性，並且檢查及排除異端邪說」。在中世紀時，它也是巫師及異教徒的最終裁判所。

4 CPZ為Chlopromazine的縮寫，為治療精神分裂症的第一線藥物。

5 狼人在中古世紀的天主教記載裡被視為異教徒。

STORY系列 007

DNA的惡力

作　　者—蘇上豪
主　　編—邱憶伶
責任編輯—麥淑儀
責任企畫—張育瑄
校　　對—麥淑儀、謝惠鈴
董 事 長
發 行 人—孫思照
總 經 理—趙政岷
總 編 輯—李采洪
出 版 者—時報文化出版企業股份有限公司
一〇八〇三　臺北市和平西路三段二四〇號三樓
發行專線—（〇二）二三〇六—六八四二
讀者服務專線—〇八〇〇—二三一—七〇五・（〇二）二三〇四—七一〇三
讀者服務傳真—（〇二）二三〇四—六八五八
郵撥—一九三四—四七二四時報文化出版公司
信箱—臺北郵政七九～九九信箱
時報悅讀網—http://www.readingtimes.com.tw
讀者服務信箱—newstudy@readingtimes.com.tw
時報出版愛讀者粉絲團—http://www.facebook.com/readingtimes.2
法律顧問—理律法律事務所 陳長文律師、李念祖律師
印　　刷—勁達印刷有限公司
初版一刷—二〇一四年四月十一日
定　　價—新臺幣二五〇元
⊙行政院新聞局局版北市業字第八〇號

國家圖書館出版品預行編目資料

DNA的惡力 / 蘇上豪作. -- 初版. -- 臺北市：時報文化, 2014.04
面；　公分. --（Story ; 7）
ISBN 978-957-13-5940-3（平裝）

857.7　　　　103005708

ISBN 978-957-13-5940-3
Printed in Taiwan